VOCES ELECTRICAS
DE MUSICA

SHACKY CARMINE

por Mona León Siminiani
y Manuel Alonso

Editorial La Máscara

Editorial La Máscara, S.L.
Pza. Juan Pablo II 5-B
46015 Valencia - España

Autor del texto: Mónica León Siminiani
Fotografías: Manuel Asensio
Maquetación: Editorial La Máscara
Filmación: Gráficas Papallona, S.C.V.
Impresión y encuadernación: Sorell impresores S.A.

ISBN: 84-7974-384-0
Depósito Legal: V-3968-1999

ÍNDICE

Intro

(que nada tiene que ver con los *Carmine*)

ESCENA 0. INTERIOR. SALA DE CUTRE-GALAS.

MONA:
(A ALGUIEN DETRÁS DE ELLA)
Bueno... ¿Ya? ¿Empiezo?... ¿Sí? Sí, sí, voy. Bueno, vamos allá, digo yo, porque si nadie me dice nada....
(CARRASPEO; TOC TOC EN EL MICRO; EJEM EJEM...Y PARA SÍ)
Vamos, Mona. Son tuyos.
(EN VOZ ALTA, CLARAMENTE CORTADA)
Ho-la (SONRISA IDIOTA)
Hola, quiero decir, buenas noches... Mi nombre es...Mona. Mona... Gump. (TENSO SILENCIO DE ESPERA, POR SI ALGUIEN CAPTA LA GRACIA DE LO QUE ESTA DICIENDO. APARTE, SONRISITA DE CLEMENCIA) Verán... Yo... siempre hago esta broma, ¿saben?, porque... bueno, porque... porque ir por ahí diciendo que te llamas Mona, pues... a veces resulta un poco duro. Supongo..., supongo que a Monna Bell no le pondrían muchas objeciones, y supongo que a Mona Lisa, pues... tampoco. (ESPERA RISAS, QUE NO OBTIENE, EVIDENTEMENTE. ¡NOS HAN JODIDO!). El caso es que, con esta cara, en este país, decir que me llamo Mona, es esperar automáticamente una sonrisa vertical, o preguntas del tipo de si este nombre mío viene de Mónica o de Ramona... (VUELVE A ESPERAR RISAS, CON SONRISA CONGELADA)

ESPONTÁNEO 1:
(LENTO Y CON SORNA)
Ja.....ja.

MONA:
(¡AL FIN!) En fin, algo es algo. El caso es que soy Mona y estoy aquí porque se supone que lo que van a leer a continuación es un libro que yo he escrito.

ESPONTÁNEO 2:
¡La Pe con la A, PA, "mo-na"!

PÚBLICO GENERAL:
(EXPLOSIÓN DE RISAS)

MONA:
Sí, yo veo el mismo problema: no sé si ustedes saben leer. Es usted tan gracioso, señor espontáneo,que quizá fuera mejor que estuviese usted aquí y yo ahí, donde usted. Soy mejor explotando reuniones que convocándolas, ¿sabe?

ESPONTÁNEO 3:
¡Eso ya se ve!

PÚBLICO GENERAL:
(GRAN EXPLOSIÓN DE RISAS)

MONA:
Se ven muchas cosas desde aquí, sí, como que usted, señor-espontáneo-número-3, no parece ser la reencarnación de Quevedo, precisamente.

ESPONTÁNEO 1:
¡Ja, Ja!

MONA:
Vaya, un viejo conocido. Llevo cuatro "Jaes" suyos. Creo que al final, lo conquistaré.

ESPONTÁNEO 4:
¡Al grano, coño!

MONA:
Sí, eso. Pues verán. A mí siempre me gustó el cine, ¿saben? Y también la música.

ESPONTÁNEO 1:
¡Va-ya no-ve-dad!

MONA:
Si, ¿verdad? Eso mismo fue lo primero que oí acerca de este, digamos, "proyecto". Yo se lo explicaba a un amigo, en un bar, y se ve que al hombre no le gustaban demasiado mis ardores del principio. Así que se levantó, pagó, volvió y me dijo lo mismísimo que usted: ¡Va-ya no-ve-dad!, también con guiones. Y efectivamente, yo me planteé: "¿Dónde coño voy yo en este mundo microchipeado con gustos tan poco distintivos? Porque a ver a quién no le gusta el cine, o la música, y qué decirles de las dos cosas juntas, ¿verdad?

ESPONTÁNEO 2:
¡Verdad!

PÚBLICO GENERAL:
(GRANDÍSIMA EXPLOSIÓN DE RISAS, ROZANDO LA HISTERIA)

MONA:
(GRITANDO POR ENCIMA DE LAS RISAS) ¡Y sin embargo...! ¡¡¡¡Y SIN EMBARGO....!!!! (SE CALMAN LAS RISAS) Y sin embargo, iba diciendo, y sin embargo, me han elegido para esto, ya ven. Me eligieron y yo me dije: "¿Por qué no? ¿Qué le voy a hacer yo si la cumbre del Kilimanjaro en los albores de la primavera me trae al fresco? Al fin y al cabo", me dije, "qué le voy a hacer yo si la sociedad me educó para la mediocridad y, sin embargo, cuando ésta empieza a dar sus más jugosos frutos, resulta que era que no, que la banda de jóvenes promesas se ha preparado concienzudamente para tirar su televisor por la ventana. ¿Quién me iba a decir a mí antes de ahora que todo era una broma pesada, una especie de sucia maquinación perpretada en la sombra por

el gobierno y refrendada por los Marcos, Heidis, Chicho Ibáñezes Serradores y aquella maravillosa señorita que era Maria Luisa Seco, y que no había que creérselo, sino tomar más leche?", todo eso me dije...

ESPONTÁNEO 1:
¡Que te jodan, tía! Estás loca. Yo me largo.

MONA:
Muy bien. Está bien ser escéptico. Yo haría lo mismo, en su caso. Quien quiera, ya sabe que puede irse sin abonar su consumición, con mis bendiciones. (A LO SUYO) Pero el caso es que, quien hace la ley hace también la trampa, ya saben. Y yo he visto muchas películas, ¿saben?

ESPONTÁNEO 3:
¡Demasiadas!

ESPONTÁNEO 2:
¡Oye! ¡Tengo una pregunta!

MONA:
¡Diga, diga!

ESPONTÁNEO 2:
¿Es verdad eso de que no hay que pagar?

MONA:
Sí, es verdad... Bueno, eso creo. Hablen con el gorila de la puerta, que seguro que él se lo sabe mejor que yo. (A LO SUYO) Y de estas películas, ¿qué he sacado de estas películas, al fin?

ESPONTÁNEO 2:
¿Y qué más nos da, si tenemos que pagar las cervezas?

MONA:
Pues que E.T., el Extraterrestre, por pequeño y mono que sea, no cabe en el armario medio del ciudadano medio español. (SE OYEN TOSES DÉBILES) Que la versión Halloween, al menos en el sitio del que yo vengo, se traduce en esa maravillosa palabra, "aguinaldo", que

no supone más que portazos y señoras gordas que se limpian la grasa de su sartén en tu mejilla.

UNA VOZ DÉBIL A OTRA:
Joder, yo me acuerdo de una tipa que, cuando nos abre la puerta, sale con un palo así de grande y se queda ahí...

MONA:
Que lo "políticamente-correcto" sirve para poco más que para evitar broncas con los padres y con ciertos camareros.

MÁS VOCES (3 o 4 APROX.):
Cierto, muy cierto.

MONA:
Porque, vamos a ver: ¿Hay alguien que, en el momento de la verdad, y confiando en esa fuerza sobrenatural que todos llevamos dentro, se haya arrodillado en plena Gran Vía ante el tipo/la tipa que le hace balbucear y a quien eso le haya resultado?

VOCES:
¡No!

MONA:
¿Alguien ha podido alguna vez diferenciar una huella de ardilla de una del yeti sólo con el Manual de los Jóvenes Castores?

VOCES ENÉRGICAS:
¡¡No!!

MONA:
¿Y qué podríamos decir de Mac Giver?

MÁS VOCES ENÉRGICAS:
¡Colgao! ¡Ve a la peluquería ya!

MONA:
¿Y quién tiene huevos para decirle a su jefe o a su casero: "Capullo:

No soy yo, claro, es Alicia Undershaker, pero esta actitud de más me hubiera servido...

ésta-es-la-tierra-de-las-oportunidades-y-para-eso-éste-es-un-país-libre"? ¡Nadie!

VOCES MÁS ENERGICAS:
¡¡¡Nadie!!!

MONA:
¡Que del sueño, nada!

MÁS VOCES MÁS ENÉRGICAS:
¡¡¡Nada!!!

MONA:
¡¡Y a ver!!

VOCES REALMENTE ENÉRGICAS:
¡¡¡¡¡Qué!!!!!!!

MONA:
¡¡¡¿Alguien ha intentado dormir en una hamaca más de un mes seguido?!!!

VOCES REALMENTE MUY ENÉRGICAS:
¡¡¡Sííí!!!

MONA:
¡¡¡¿Y?!!!!

TODAS LAS VOCES AL BORDE DEL DELIRIO:
¡¡¡¡¡Jodido, MUY jodido!!!!!

MONA:
¡¡¡Y lo peor de todo!!!

VOCES ENTUSIASTAS, ENTREGADAS, ROZANDO EL PAROXISMO:
¡¡¡¡¡¡¿¿¿¿¿¿QUEEEEEEEÉ???????!!!!!!!!!!!!!

MONA:
¡Que de música que acompañe panegíricos como éste, nada! ¡Cero!

¡*Niente*! ¡¡¡Pepe, ¿qué pasa con la musiquita que te dije?!!!!

JALEO, DISTURBIOS, VOCES ENCONTRADAS, ECOS DE...

PÚBLICO GENERAL
¡Pepe! ¡Hay que lincharle! ¡A por Pepe!

LA COSA SE PONE REALMENTE FEA. LAS MESAS ELEGANTEMENTE PREPARADAS MINUTOS ANTES VUELAN POR LOS AIRES. LAS BOTELLAS RUEDAN POR EL SUELO. UN PAR DE PAREJAS TAMBIÉN. LOS CAMAREROS PASAN POR ENCIMA DE LAS CABEZAS DE MANO EN MANO DE LOS ANTIGUOS COMENSALES, SOSTENIENDO LAS BANDEJAS POR ENCIMA DE LA VORÁGINE. PEPE TAMBIÉN SORTEA POR ARRIBA LAS CIRCUNSTANCIAS. UNA MÚSICA DULCE SE OYE POR LA MEGAFONÍA EN LAS ESQUINA: VA IN CRESCENDO, ACOMPAÑANDO LA ACCIÓN, HASTA LLEGAR A UNA EXPLOSIÓN DRAMÁTICA, EN LA QUE UN PAR DE CAMAREROS CONTIENEN UNAS LAGRIMITAS. MONA INTENTA PONER ORDEN DESDE EL MICRO, EN EL PÚLPITO. POSEÍDA, GRITA:

MONA:
¡¡¡Hermaaaanos!!! ¡Hermaaaanooosss!!!!

PERO SUS INTENTOS SÓLO SIRVEN PARA ATRAER LA ATENCION SOBRE ELLA. ALGUNOS ANTIGUOS COMENSALES LA COGEN EN HOMBROS. A ESTAS ALTURAS, MONA ESTÁ EN PLENO TRANCE ESPIRITUAL. DE ESTA GUISA ES SACADA DE LA ESTANCIA. TODOS LA SIGUEN, CANTANDO UN ESPIRITUAL Y BAILANDO. HAN COGIDO LOS MANTELES POR TOGA Y DANZAN LEVANTANDO LOS BRAZOS RITMICAMENTE:

SEÑORA GORDA IMBUIDA DE PASION:
¡Ooooooh, lord!
CANTA UNA SEÑORA GORDA IMBUIDA DE PASION.

PÚBLICO GENERAL:
¡Oh, lord! ¡Oh, lord!

COREAN LOS DEMAS. TODOS CAMINAN HACIA LA CALLE Y DEJAN A LOS CAMAREROS, QUE LLEVAN INTACTAS LAS BANDEJAS SOBRE LA PALMA DE LA MANO, ENCIMA DE LAS MESAS DESNUDAS. LOS COROS SE ALEJAN. LA VOZ DE MONA GRITA PREMISAS DE ESPIRITUALIDAD A LO LEJOS. POCO A POCO, LA PAZ INVADE LA ESTANCIA DE NUEVO. EL MICRO, ENCIMA DEL ESCENARIO, HACE EQUILIBRIOS POR NO CAER, PERO AL FIN CEDE. SE OYE UN ACOPLE Y UN GRAN BOOM, QUE IMPONE EL SILENCIO DEFINITIVO EN LA SALA. LOS CAMAREROS SE MIRAN, SIN ATREVERSE A PISAR EL SUELO, CONVENCIDOS DE QUE EL CONTACTO DE SUS ZAPATOS CON EL PAVIMENTO HARÁ RESURGIR A LA BESTIA DE NUEVO. ENTRA POR LA DERECHA EL ESPONTÁNEO 1. HABÍA OLVIDADO SU CHAQUETA. MIRA SIN COMPRENDER LA DESOLACION DEL LUGAR Y ENCOGE LOS HOMBROS.

ESPONTÁNEO 1:
¿Me he perdido algo?

P.S.:
¿A quién le importa que *Shacky Carmine* sea la primera película en España (después de un honroso intento de los Bravos, todo hay que decirlo) que trate la música como un modo de vida real, o que hubiera más de 13 cameos, o que su banda sonora incluya .....?

ESPONTÁNEO 5:
A mí.

P.S.:
¿Y por qué siempre tiene que haber un imbécil que tenga que decir la última palabra? Lee, si quieres.

RODOL:
¿Qué te cuente algo? Joder, Zalo. En un año no has mandado ni una puta carta...

ZALO:
Rodol...

RODOL:
No puedes entrar y salir de la vida de la peña como si fuera un supermercado.

ZALO:
(DEFENDIÉNDOSE)
Tranqui, sólo quería que supieras que estoy aquí.

RODOL:
Si te piras y no quiere saber nada, cojonudo, pero en un año pasan muchas cosas...

FUNDE A:

Avatares en Salamanca. Juanjo, encargado de sonido, corre también espoleado por la policía.

Estrenar con artimaña

(¿Se habrán planteado estos chicos, tan amigos de la venta y de Internet, qué van a hacer con la ñ de su nombre?)

Cuando se hizo el cielo y la tierra, el cine aún no estaba del todo pensado. El marketing tampoco. Y es una pena, porque ahora tendríamos bonitas imágenes que contemplar cada fin de año, entre las uvas y el balance de lo bueno y lo malo, que decía Mecano. El caso es que ya hemos leído y oído que tuvieron que pasar no sé cuántos miles de millones de años para que los Lumiére, etcétera, etcétera. Y la cuenta pasa a hacerse de atrás adelante.

A partir de entonces, por ir resumiendo, el cine ha sido, como idea, un negocio multisecular, propiedad primero de los dueños de teatrillos de poca solvencia en Estados Unidos, de grandes productores en ese lugar (Hollywood) después, de los directores cuando la *Nouvelle Vague* francesa y de las hiper-grandes estrellas en la actualidad. Del público, en definitiva, poco más que a la hora de pagar, porque pagar, el cine siempre se ha pagado. Luego, como siempre ocurre, surgen al hilo del camino, las "ideas definitivas", ésas que cambiarán el mundo, que darán una lección a mayores y contemporáneos. Ideas para encarar un negocio siempre hay 10.000.

Pues más o menos con este espíritu de adolescente travieso, Chema de la Peña y su siempre compinche Gabriel Velázquez

Chema, en actitud pensante.

(Chema y Gabri, en "círculos"), fundaron Artimaña (aquí habría que hablar del afloramiento de toda la multitud de productoras de cortos desde los '80 hasta ahora en España, pero lo dejo para otra ocasión). Como estos chicos no se conforman con la idea de que la dura vida del cineasta depende de tantos mamoneos, ya desde sus más tiernos cortos ellos se decidieron a armarse de valor y encararse a un sistema que... no les daba un duro. La cosa me la imagino más o menos: Chema mira a Gabri, Gabri mira a Chema, contemplan el panorama, repasan sus cintas aún en la cabeza y piensan del uno para el otro: "En fin, así de cutres están las cosas. Si queremos promoción, vamos apañaos, así que nos hacemos con las riendas y utilizamos nuestras propias armas, las de la contestación al más puro estilo Ché".

Traducción, como los jabalíes en los chistes de Asterix: Si hacemos un corto y se lo damos a unos para que nos lo estrenen, nos hacen el paripé un miércoles por la noche en un gran cine de la Gran Vía madrileña (que no sólo de largos vive el glamour madrileño). Vienen nuestros amigos y nos reservan también 150 entradas para que nuestros familiares puedan aplaudir a rabiar en el cine. Miles de colgaos se cuelan en el cine, porque ya se sabe que lo que es gratis no se rechaza y punto. Vale, ¿y luego? Nos comemos los mocos, con esto. De eso, nada. Vamos a salir en los periódicos. (Aquí Chema pasa el brazo derecho por el hombro izquierdo de Gabri mientras con el izquierdo señala un gran cartel a una altura considerable de la ciudad y los dos miran hacia el horizonte con los ojos entornados.) Concluye Chema: "Para bien o para mal, todo el mundo hablará de nosotros".

Supongo que todo esto, lo de los estrenos policía mediante y demás, empezó siendo una protesta por lo del mal estado de los cortos, la distribución y eso, pero finalmente quedaba el hecho de que ese día no habían tomado aún ninguna caña, y la cosa debió de terminar siendo algo muy divertido. Para el estreno de *Parabellum*, el segundo corto de Gabri, en un famoso cine de Gran Vía, se hicieron con un verdadero cargamento de 300 pistolitas de plástico que disparaban aquellas ventosas que tanto molestan a quien no se considere buen émulo de Mr. Bean. El funcionamiento era simple: podías disparar tu pistola antes o después de empezar el corto. Podías incluso no dispararla, pero todos sabemos que: uno, todo lo gratis es bueno y dos, si además se pueden disparar pistolitas, mejor que mejor, y, claro, al final, disparas. También había un megáfono por ahí. Bien. Divertido.

Gabri, mano siempre derecha y director de promoción, buscando soluciones doquiera que las haya.

¿En qué reside la política de marketing de la presentación del corto? Es sencillo: si los yanquis se vuelven locos cuando les dan un aparatito para que puedan ir eligiendo el final de la película o cuando les ponen delante esas gafas para daltónicos diciendo que son de 3D, ¿vamos a ser nosotros menos? Apelan a esas ganas inconfesables que todos y cada uno de nosotros tenemos después de tantas pelis de acción: coger una pistola, ponerla con cara de malo en la sien del compañero y disparar. E, insisto, encima gratis. Este fue uno, al que yo asistí, en el que yo disparé.

Pero el más sonado, aún así, y una de esas joyitas que a los periodistas modern les encanta rememorar fue el de *Lourdes de Segunda Mano*, el segundo corto de Chema, cuando el tándem Chema-Gabri ya era una institución aguerrida, con una ñ con un parde en el nombre, y con mucho morro y picardía para entrar en el Séptimo ¿Arte? La base para este tipo de acciones (¿casi *performance*?) es la voluntad de "estrenar este supercorto superdelahostia". Hasta aquí bien. Todos los cortometrajistas piensan que van a estrenar su super....etc.

Ch/Ga ven que estos cines de Gran vía de los que ya hemos hablado les cobran un pastín por la gracia, y que tienen que empezar a hacer una serie de macrogestiones que encuentran absolutamente desmesuradas para esto de los cortos, más viendo después la repercusión real de estos estrenos en el entramado social real (en su opinión, cero). Pero ellos siguen teniendo una meta: "Oye, que queremos estrenar". Así que eligen una calle no muy lejana y se hacen con un permiso de rodaje. La calle era Preciados (¡toma!) y el rodaje era la proyección en grandes pantallas, de *LOURDES DE SEGUNDA MANO*. Y ahí nos vemos a Alex Angulo corriendo tras su bocata por las calles de Salamanca, pero en la pared de la FNAC (nunca más cierto pudo ser ese pastel de titular "Madrid ha visto el estreno de..."). Pero la bofia, dicen, no es del todo inútil. Van y les intentan quitar el chiringuito. Estos enseñan su permiso de "rodaje", los bofias dudan, carraspean y miran de reojo a la gran pantalla, justo cuando Alex Angulo sale de una alcantarilla en plena calle dorada salmantina y tira la imagen de una virgen que llevan en *petit* procesión.

Y como es indudable que la realidad, al menos aquí, se parece más a una peli de Berlanga que a 1984, todos juntos ven cómo

Nathalie Seseña se convierte en virgen que baja de los cielos. ¡¡¡Bien!!! ¡¡¡Hurra!!! ¡¡¡Bravo!!! No es que se volviera a hablar mucho del asunto, al menos no en *Crónicas Marcianas*, que es la Biblia que nos dice lo que ocurre y lo que no, pero la cosa queda muy bien en los *press book* y nos da una buena lección de cómo utilizar la rabia del rock'n roll (porque este tipo de cosas son, cuando menos, punkies) para: a) pasártelo muy bien con los colegas y tener algo que contar, y b) hacer que se fijen en ti y en tu corto, claro. Desde luego, sí, estos chicos son genios "del".

Mi primera peli, mi primera canción

El primer día de rodaje de *Shacky*! ¡Qué emoción, qué nervios! A mí no me sacan los de *Tentaciones* ni similares ni me preguntan cuáles son mis impresiones, porque yo no he ganado ningún concurso en mi vida, claro que tampoco me he presentado. En fin, que ahí van mis impresiones *non petitas*.

Uno.

Como yo soy muy cutre, pero eso no viene aquí al caso, he dado diez mil vueltas a beneficio de la EMT (rara y beneficiosa empresa de transportes de Madrid, pero en todos sitios hay una) para llegar al lugar de rodaje. Estoy nerviosa, porque tampoco sé muy bien qué me voy a encontrar. Conforme pase el día, me iré dando cuenta de que casi todo el mundo estaba nervioso este primer día, casi todo el mundo excepto los curtidos en mil batallas y Chema, que si lo está hay que ver lo bien que lo disimula. El caso es que todo esto lo sé ahora, después de intercambiar impresiones, pero no entonces, que todo el mundo parecía haber nacido en el medio palacete ese. Yo llevo mi grabadora, dispuesta a acometer a cualquiera con ella, y una pequeña libreta que me he agenciado. Como no encontré una roja, para emular a Paul Auster, la mía es verde con unas "Pes" horrendas en la portada que cambian el color de una a otra. Esto es

El rubio es Pedro Lazaga, ayudante de direción. Cámara en ristre, Momchill, de making off.

España, señores, y estamos en febrero de 1999. Son las 7 de la tarde y hace un frío de esos de cuando el grajo vuela bajo.

Dos.

Retiro todo lo dicho. No es cierto, esto no es España, la de las cutres "Pes" en la portada de mi libreta. Esto debe de ser la época victoriana, o la Venecia del XVIII. La "casa" en la que se rueda durante las tres primeras semanas no es tal "casa", sino un palacio. Aquí debió residir algún conde de Rotschild o similar. Debió haber legiones de barnizadores ocupados en dar lustre a cada pieza de cada habitación de cada ala de la "casa". Si hubiera colocado mi grabadora en la escalera para recoger las impresiones que produce la "casa" de Eduardo Dato, creo que me habría tirado cinco horas transcribiendo a mi ordenador la palabra "¡Jo-der!". Hay tres pisos, cada uno de ellos con techos equivalentes a dos pisos de un edificio normal. Las habitaciones, ahora desvencijadas, son kilométricas, y aquí es donde se van a rodar todos los interiores de la película, excepto los que se hagan en la antigua Revolver.

La planta baja alojará una disco de Linares, el despacho de PK en Triple K (la multinacional hijadeputa), los camerinos para actores y producción y el comedor en el que se cena. La parte de arriba irá sufriendo mutaciones. Una misma habitación, por ejemplo, servirá como tienda de ultramarinos (aquella en la que el chino aprende castellano a marchas forzadas: "Tá tepetito", que viene a significar "Estás despedido"), como sala de juntas de Triple K, como local de ensayo de los nuevos Shacky (los que finalmente pasan a la fama sin uno solo de sus componentes originales) y como camerino de la sala de Tony Mad. Otras estancias serán diferentes bares, hamburguesería, pensiones, etc. El sótano será la casa de Jana y el cubil que los *Shacky* presumiblemente han ocupado y en el que eventualmente viven. Flipante. Hablando después con gentes del equipo, veo que César Macarrón, director artístico de la movida, ha encontrado perfectamente el equivalente personal en la película: "Según abrí la puerta de Eduardo Dato y entramos en esa casa a oscuras (porque el tío que nos la enseñaba no tenía una linterna y no se veía), simplemente ver una casa que hace 150 años debió de ser un palacio y que ahora está abandonada, desvencijada, me dije: "Esto es Jana. Jana es una tía que debió de ser la hostia y ahora ya no lo es." Pues aquí estuvimos tres semanas.

Tá tepetito, Chema, y Ipeli.

Imprevistos domésticos. El glamour también necestia remiendos.

Tres.

No hay grajos en las proximidades, y menos mal porque yo iba a ser la primera en salir corriendo, pero, ¡joder el frío que hace!.

Cuatro.

Pero como no sólo de localizaciones y de abonos transporte vive el hombre (ni yo tampoco), ahí van algunas bonitas impresiones de otros miembros del equipo. (En este momento deberían empezar a sonar músicas de violines, melodías fragantes o, mismamente, la sintonía de aquel memorable anuncio: Mi primera colonia Chispas).

FERNANDO CAYO, majete, cuéntame qué pensaste aquel primer día.

"Pensé, dos puntos, "esto lo voy a recordar toda mi vida. La primera película que hago, la primera secuencia (además me acuerdo de que rodábamos Andrés Gertrudix y yo en la hamburguesería) y la verdad es que no sé luego cómo habrá quedado, pero la sensación fue muy buena, de ir muy concentrados en lo que estábamos haciendo. (No sé, te da una especie de vértigo el saber que estás empezando algo, que algo está empezando en tu vida, además, porque para un actor el hacer la primera película, encima siendo protagonista, eso te da mucha responsabilidad. Y eso fue una sensación de vértigo, pero agradable. Todo eso pensé".

(Qué portento, yo no puedo pensar tanto en tan poco tiempo)

¿*Et tu*, REBECA?

"No me acuerdo, la verdad, pero sí que me alucinó mucho no estar muy nerviosa. Yo pensaba que iba a estar bastante nerviosa y no fue así, yo no sé si porque hemos ensayado mucho, pero en esa primera escena recuerdo estar muy tranquila. Porque yo pensaba: "Madre mía, cuando tenga a todo el mundo rodeándome, y me pongan la cámara delante, ¿qué hago?". Y, sin embargo, ¡una tranquilidad!"

No creo que a NATHALIE le afectaran los nervios del primer día, , pero su opinión de experta nos puede servir. Veamos, veamos:

"Yo nunca he estado en un rodaje así, tan tranquilo. Siempre es una movida, siempre deprisa, siempre alguien de mala leche... Esto es flipante para trabajar". Vaya, esto va bien... explícate, Nathalie: "Pues que aunque yo he tenido siempre mucha suerte en los rodajes, porque he tenido muy pocos en los que la cosa haya funcionado muy mal o hayan sido trabajos desagradables, la verdad es que me ha sorprendido en este rodaje el buen rollo. Eso pasa siempre que hay mucha gente en un mismo proyecto que está empezando: los actores, gente que había hecho cortos y que de repente se ve en un largo. Eso genera mucha ilusión., pero la verdad es que hay muy buen ambiente de rodaje desde el primer día, también por la manera de ser de Chema, que da mucha tranquilidad al rodaje. Yo siempre pienso que la manera de ser de un director es fundamental para el desarrollo de una película. Chema, al ser tan tranquilo, hace que la gente esté calmada; trabajando, pero calmada".

Es decir, que yo tenía razón: todos podrían estar muy nerviosos pero notarse, lo que es notarse, sólo se me debía de notar a mí, y todo el mundo tiene siempre cosas mejores en qué pensar que en mí. Pues eso, que así era...

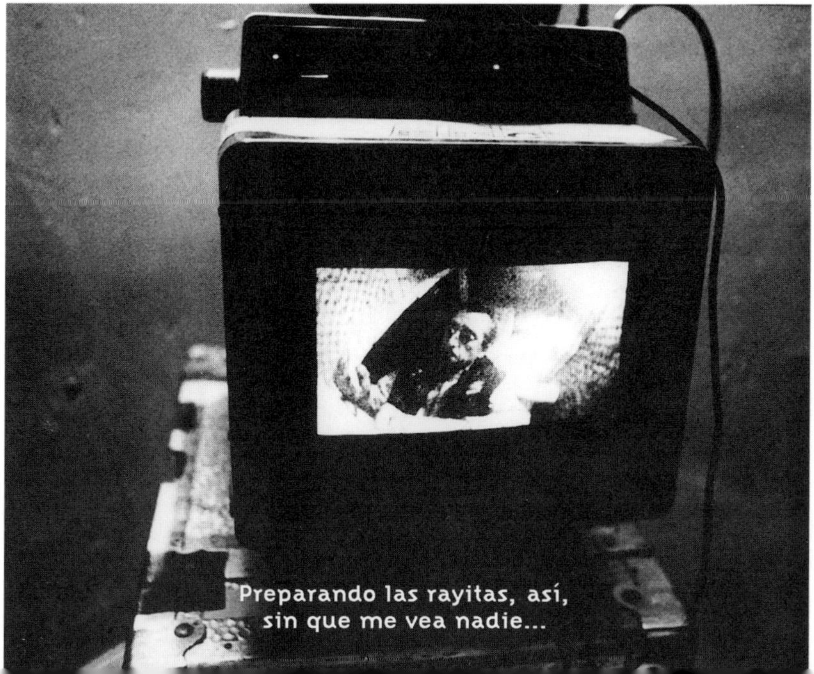

Preparando las rayitas, así, sin que me vea nadie...

Videoclip

APOLO
Pero todavía no me habéis dicho qué tipo de música hacéis.

RODOL
Bueno...

ZALO
Es difícil de definir...

COMPLEJO SECUENCIA (DE FONDO MUSICAL, UNA CANCION DE LOS SHACKY)

CALLEJÓN. EXT. NOCHE.
Apolo trapichea con un gitano para hacerse con un bajo. Este abre el capó de un 124 cargado de guitarras y amplificadores. Al final le da todo el dinero que tiene a cambio de un bajo cutre.

SÓTANO ENSAYO. INT. DÍA.
Zalo y Rodol tiran abajo una puerta que hay al lado del sótano en el que ensayan.

LOCAL ENSAYO SURF FROSTON. INT. DÍA.
Tocan las Surf Froston. Zalo, único

espectador, espera a que acaben. Malú le deja su guitarra a cambio de un beso.

SÓTANO ENSAYO. INT. DÍA.
Rodol y Zalo "okupan" la habitación cuya puerta tiraron abajo, metiendo los amplis.

SALA ESKOMBRO. BARRA. INT. DÍA.
Rodol curra en la barra como un descosido. July le da una tarjeta del Jungle Bells, un garito de su barrio donde tocan grupos.

GRAN VÍA. EXT. NOCHE.
Zalo y Cani andan por la calle cargados con sus cubos, cepillos y carteles.

SÓTANO ENSAYO. INT. NOCHE.
Apolo, él solo, tocando y cantando. Luego aparece tocando con él Rodol y más tarde llega Zalo con la guitarra. (EN TRES PEQUEÑAS)

SALA JUNGLE BELLS.
El encargado de la sala le enseña el escenario cutre. Rodol acepta y se da la mano con el encargado.

SÓTANO ENSAYO. INT. NOCHE.
Llega Rodol con la buena noticia y los tres chocan las manos en alto para celebrarlo.

SALA JUNGLE BELLS. INT. NOCHE.
Sobre la puerta, un cartel anuncia: (AQUÍ SE PONE EL CARTEL) "Jungle Bells (leganés) presenta a los *Shacky*

Carmine. Lunes 27, 3 A.M." Dentro, los *Shacky*, maqueados, tocando con energía en un escenario bastante cutre y ante un público reducido: Malú, Neska, Vero y Cani, pues el resto del personal parece estar en otra cosa. El camarero les mira con cara de aburrido. Pongamos las cosas claras. Aparte de las bonitas historias de *Shacky*, está la verdadera historia de los *Shacky*. ¿Cómo se llegó a hacer una

peli así? ¿Quién fue el energúmeno al que se le ocurrió? ¿Quién arriesga su pasta para dársela a un tipo con esas pintas que revela no ser asiduo de la Filmoteca? ¿Quién es quién? (El mío es moreno, tiene gafas y una bufanda de colores....)

Manolo Kabezabolo

(1st. Draft)

EN UN PRIMER ACERCAMIENTO AL VERDADERO "SOUL" DEL ROCK

STEAK THOMAS.

ZALO
¿Steak Thomas? ¿Ese no es el de Jumping Trip?

CANI
Sí.

ZALO
Hostia, pues yo le daba por muerto.

CANI
Es un mito viviente del punk neoyorkino de los '70, de aquella movida de los New York Dolls y todo eso.

ZALO
Pues a estas alturas debe tener en las venas más jaco que sangre.

La vida del rock en España. Sí, me lo creo: que alguien que se hace llamar Manolo Kabezabolo y que se hace acompañar de "los que se van del bolo" sea el émulo de lo que fueran Lou Reed, o Mick Jagger, pongamos por ejemplo, eso quiere decir que tenemos humor, figuras y sobre todo, un par de... Así que aquí llegan Manolo Kabezabolo, sin los que se van del idem, pero con otro congénere colega que es Albert Plá (el gustillo que le está pillando el Plá a la machanga del cine, hay que ver). Plá viene de Barcelona, y casi a última hora, haciendo grandes ademanes de lo encantado que está de poder ser, aunque sólo sea en la ficción, manager de alguien de la talla de Steak Thomas, perdón, quise decir Manolo. Y así comienzan momentos de mucha diversión (por parte de Plá) y de ternura (por parte de Manolo, por cuya música no me siento personalmente inclinada, pero cuya presencia y humanidad son mis predilectas en todo esto).

Pla

A Plá se le resume rápido. Su entrevista, más o menos, fue algo así como:

-¿Qué tal, Albert?

Bien, por aquí.

-Parece que te va gustando, esto del cine.

Sí.

-Oye (pregunta tópica), tú que vienes del mundo de la música, ¿qué te parece todo esto, cómo está reflejado, y eso?

Bien, ¿no? Es que yo no tengo ni idea de música.

-¡¿Cómo?!
No, no, que es que no tengo ni idea. Bueno, dicen que me dedico a esto, pero es que no sé, no sé nada.
-Ah, ya veo... Bueno, huy, perdón, espera, que la pila de la grabadora (me inclino sobre mi grabadora y dejo de mirar al frente mientras cambio la pila) creo que se me está gastando y ....(CLIC)... (CLIC) ¡Ya está! (Alzo la mirada hacia el sitio desde el que momentos antes Albert "contestaba" mis preguntas). ¿Albert?... ¿Albert? (a alguien que pasa) Oye, ¿has visto a Albert Plá por aquí?
Ah, ¿pero es que ya ha llegado? -obtengo por toda respuesta.
-Sí, sí -digo yo, y musitando-: Pero si estaba hablando con él hace un momento...
Me cruzo con una chica de dirección, que son quienes lo saben todo.
-Oye, ¿y Albert Plá?.
Está en el hotel, que se le había olvidado no sé qué.
Bueno... Esto, en cuanto a Albert.

Manolo digamos que "posa", no, no es del todo correcto, digamos que.... está aquí. Como una torre, mira a un punto indeterminado. En vista de anteriores éxitos, me alío con la sección "Making Off" y su cámara para pillarle por banda. (Es más difícil que se nos escape a varios).

Hacemos que, para el making, Manolo se apoye en una escalera de mano. Probamos una y otra vez, a ver cómo da en cámara la postura de Manolo. Ante todo, queremos que la cosa quede bien, y como algo muy improvisado, como que él está "involucrado" en el paisaje cinematográfico que nos rodea. Bien, llegados a un punto, vemos que ahí está muy bien. Le decimos que intente no moverse. Y él obedecerá puntualmente.

De repente hay un revuelo impresionante de tecnicos, maquinistas y eléctricos arriba y abajo, revoloteando a nuestro alrededor. Hace unos minutos éste no parecía un sitio tan ajetreado, pero alguna orden desconocida para nosotros ha convertido la estancia en una réplica perfecta del camarote de los Marx. Al ayudante del plomero no lo estábamos esperando.

-¿Cómo llegaste aquí, Manolo?
M. KABEZABOLO: Pues porque Chema me llamó y dije: "¿Por qué no?

Yo estoy un poco flipado con todo este movimiento, porque no lo conozco mucho.

-Bueno, por seguir con algo: ¿cómo ves el cine?

M. K.: Pues... como un toro, te diría (Risas).

(Este es el momento en que la escalera en la que Manolo está apoyado fotogénicamente empieza a moverse, y no precisamente sola. Manolo parece imperturbable, seguramente porque antes le pedimos que intentara no moverse. Nosotros nos miramos y, en un intento de darle la vuelta a la pregunta, (porque es que él realmente no-se-mue-ve), le indicamos que se le llevan la escalera, y alguna pollada por el estilo de:

-Manolo, se te llevan la escalera. ¿Qué piensas, hombre, del trato que te dan?

M.K.: (Se encoge de hombros): Pues que necesitaré algún otro tipo de apoyo.

(Realmente, asentimos todos, porque la cosa tiene más lógica que nuestro azoramiento inicial. Es que es cierto, coño, si se le llevan la escalera, en la que él sigue apoyado imaginariamente, habrá que buscarle algún otro tipo de apoyo. Así que, manos a la obra, nos encontramos entre una marabunta de cables eléctricos por arriba y por abajo, tablas a diestro y siniestro, y sin ningún apoyo claro, al menos muy a la vista. Así que Manolo queda desarmado ante la cámara y mi grabadora. Proseguimos).

-Bueno, y lo del mundo de la música, ¿cómo está aquí reflejado?

M.K.: ¿El mundo de la música? Bueno, ya te digo que no conozco yo esto mucho. Pero vamos, son formas de expresarse, formas de comunicarse entre la gente y compartir gustos y sensaciones. Está bien.

-¿Por qué has aceptado este papel?

M.K.: ¿Por qué he aceptado este papel? Porque no me ha parecido mal.

-¿Pero te parece divertido? ¿Te gusta?

M.K.: (Se encoge de hombros). No, bueno, sí. Es un poco la oportunidad de salir en una película y el papel no era tampoco muy difícil de aprender aunque me han tenido que cambiar el texto y todo.

-¿Por qué?

M.K.: Porque no sé inglés y era una parrafada un poco difícil de pronunciar. (He aquí la parrafada: *I just wanna see this fucking heroine right now! Ok!. Have you understood? It's easy, it's easy, please*).

Peluquería, maquillaje, dirección y Manolo, concentrados en la cresta.

-¿Y ahora qué dices?
M.K.: Ahora sólo digo un par de palabras.
-¿Cuáles?
M.K.: *Fuck you*. Bueno, pero las digo un poco gritando, y cabreado.
(Junto a nosotros se oyen ruidos de muebles, gritos, órdenes y contraórdenes, con lo que no podemos saber muy bien qué nos está diciendo Manolo, ahí, enfrente de nosotros, sin moverse)
-Bueno, y ¿qué tal con Chema?
M.K.: Bueno, yo le conocí aquí en Madrid, en un concierto que hicimos. Él estaba por allí, y, bueno, no creo que se hagan tampoco muchas películas de este tipo, contando cosas de otros mundos, no sólo el holocausto y las americanadas.
(Desde lejos preguntan si alguien tiene por ahí una escobilla, o algo para barrer)
-Y viniendo tú del mundo de la música, ¿crees que esta película es realista?
M.K.: Hombre, realista... Cierta sí que es. En un momento dado puede que la historia sea factible y creo que está bien enfocada. Yo, de lo que he leído del guión, pues no creo que sea lo que se acostumbra a hacer por ahí.
-Pero entonces, ¿es fiel a la realidad del mundo de la música?
M.K.: Es que real puede ser prácticamente casi todo. Hay cosas que pasan que pueden resultar más o menos increíbles, hay cosas en la realidad que se pasan más que muchas cosas ficticias. Entonces, real, sí, claro que puede ser real.
-De lo que tú has leído del guión, ¿qué es lo que más te ha gustado?
M.K.: A ver, no sé... Bueno, a mi me ha recordado un poco a cuando

empezaba, la historia de estar sin promoción y que aún así la historia llega a oídos de mucha gente, ¿no? y la gente muestra cierto interés por ellos. Y luego de cuando llegas al mundo del rock´n´roll, lo de intentar vivir del mundo de la música, uf, que es que no es oro todo lo que reluce.

-¿Cómo es el mundo del rock´n´roll?

M.K.: Bueno, como cualquier otro mundo pero con distintos condimentos.

-¿Has hecho otras cosas en el cine?

M.K.: Bueno, sí, hice un corto en Zaragoza que se llamaba algo así como "Espartorra contra el camionero no sé cuántos..." y era un poco una historia similar o al menos parecida a "Abierto hasta el amanecer", pero sin mucho presupuesto: un poco cutre, sin un despliegue de medios ni nada de eso. Vamos, por hacerlo...

-Oye, quizás esto suponga tu despegue en el mundo cinematográfico.

M.K.: (Breve pausa y sonrisa) Sí, claro: de aquí a dos días, Antonio Banderas a mi lado es como Torrebruno.

-Esto de Shacky Carmine, ¿a qué te suena?

M.K.: Pues a mujer, no sé, ¿qué quiere decir?

-Pues no lo sabemos. ¿Te parece un buen nombre para un grupo?

M.K.: Es que como no sé lo que quiere decir...

-Es el nombre del grupo, en la peli.

M.K.: ¡Ah!, guay.

-Una película como ésta, ¿puede aclarar cosas en España, ahora mismo?

M.K.: Bueno, aclarar, no sé. Mostrar, sí.

-¿Te recuerda a algo que hayas visto antes, a alguna otra película?

M.K.: Pues no, no creo, porque en general las películas de grupos no creo que tengan mucha similitud con ésta. No, no me suena mucho, pero tampoco es que vea muchas.

-¿Nos lanzas un augurio para la peli?

M.K.: Bueno, yo creo que, con el guión y con la gente que sale, tiene posibilidades. Tampoco creo que lleguemos a la Academia de Hollywood, pero ¡vamos!. Espero que la gente se lo pase bien viéndola.

-Gracias, Manolo. Sobre todo por tu presencia.

M.K.: De nada...

Actores
Un alma para el invento

El maligno se inventa un aparato altamente peligroso. En sí, el aparato no es que mate, rapte niños o similares felonías, es que el invento es peligroso, sin necesidad de compararlo con nada. Pero le falta algo, al invento del maligno, para poder ser considerado como el resto de los inventos del maligno, es decir, maligno, y un ayudante suyo, pequeño y esmirriado, le sugiere al oído que cree que él tiene la solución. Le falta el alma. Después de haber soportado tamaña insolencia, el maligno mata a su ayudante y demuestra así a todos los demás pequeños y esmirriados ayudantes que nadie da consejos al maligno. Inmediatamente después de haberse limpiado la sangre, el maligno se vuelve a su invento y lo señala. Le ha dado alma. Y es cierto. Ahora sí es un instrumento maligno. Los actores son el alma de todas las películas, ¿o es que no se habían fijado?

Pues sí. Cuando vamos al cine y luego comentamos la jugada, entre los primeros comentarios está lo de lo bueno que es De Niro, o lo bien que está la Paltrow, dejando aparte que Victoria Abril es la mejor actriz española y todo eso. Los actores hacen que el invento del maligno sea creíble o no; que tú, sentado abajo sin saber muy bien de qué se te está hablando, termines llorando cuando el amor se va así de esa manera, o alegre con sus alegrías, o triste con sus penas. De la misma manera, no nos creemos una historia cuando el actor no está bien, porque "nos saca" de la historia, y empezamos a ver la película como lo que es: un artificio, nos imaginamos al actor en el salón de su casa aprendiéndose sus frases. No funciona, que se suele decir. Actuar debe de ser algo muy complicado (yo lo intenté una vez y mi psiconalalista todavía anda algo atareado con ello). Se supone, para entendernos, que en eso de actuar existen métodos, para que no les pase a los actores que se vuelvan locos pensando que son hoy Napoleón y mañana un yonqui en paro. Ellos, se supone, los aprenden, los usan y luego los casi-olvidan en aras de "las tablas", que, cómo no, son al fin y al cabo, las que importan. Para esta película, dicho está, ni Chema ni Colomo ni nadie quería actores famosos, que desvíen la atención de la trama. Si se hablaba de desconocidos, desconocidos serían los protagonistas. Así que aquí se ha utilizado una fórmula con la que muchos directores juegan: los famosos son los secundarios, y los desconocidos, los protagonistas. Los famosos son una especie de "gracieta", un guiño de la película.

En *Shacky Carmine* hay que añadir además el jugoso dato de los cameos. Los actores de esta película fueron escogidos con dos meses de duro casting, (que hicieron Carmelo Blanco y Oscar de Julián). Se hicieron **(?)**... vueltas, consistentes en **(?)**... Luego, cuando la pesadilla del casting terminó, Carmelo llamó a todos, uno por uno, y les dijo que la cosa no había hecho más que empezar: como el rodaje se retrasaría aún un par de meses, esos meses serían aprovechados para sacarles la bilis en ensayos. Menos mal que Chema es un maligno muy benigno. En los ensayos, todos los actores machacaron sus papeles, de forma que, según cuentan todos, luego resultó más fácil controlar el tema de la concentración (lo que hace que Napoleón y el yonqui en paro no se atisben ante la cámara) y de forma también que las posibles contradicciones del personaje también estuviesen ya trilladas. Los ensayos son algo cada vez más común, sobre todo entre los nuevos directores. A la manera de Wilder, y no a la de Welles, el director prefiere perder la posible frescura del momento en aras de una calidad garantizada y de una mayor seguridad en sí mismo por parte del actor. Ser actor, ya les digo, debe de ser algo muy difícil. Y sin embargo...

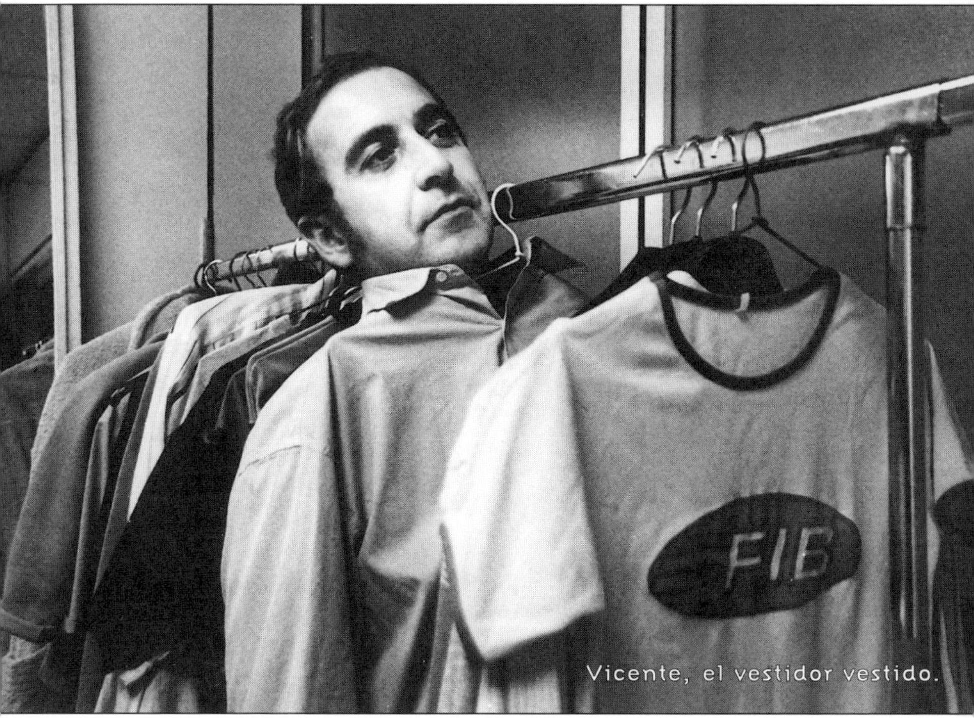

Vicente, el vestidor vestido.

anolo y
ca, durante
ensayos.

Nada como el zen tras los du
ensayos. El relajado es Carmel

¿Es divertido actuar, Manolo?

MANOLO CARO: Sin duda. Es un juego. Como cuando de chicos jugábamos a lo que fuera y nos creíamos lo que fuera. Lo mismo ahora. Es igual: ahora te resulta un poco más complicado porque tienes que controlar cosas como la voz, pero al final es un juego. Los desafíos se te presentan con las cosas nuevas, cuando tienes que encarnar cosas que nunca has vivido. Pero aún así te sorprendes. Lo que da morbo es hacer algo nuevo, algo que no hayas hecho nunca, y luego ves que no es tan difícil, que va saliendo solo.

"Hay un principio interesante, que es el de dejar que las cosas sucedan, de la técnica Alexander: Dejar que las cosas sucedan y no imponerte tú diciendo: "Hoy, para esta secuencia, me voy a imponer esto y voy a pensar en esto". No, no es eso, es dejar que las cosas sucedan. Tú has hecho un trabajo anterior, has analizado, has pensado en el estado de ánimo y tal. Entonces, tú, que eres actor o actriz, te dejas llevar en ese momento, y dejas que las cosas sucedan. Normalmente, así suele salir bien", FERNANDO CAYO dixit.

Los actores, he de concluir, son una extraña especie, practicante, además, de singulares masoquismos: cuanto más difícil se lo ponen, mejor. Si no han utilizado nunca un registro y se tienen que encarar a un papel enterito en ese registro, pues mejor que mejor. Luego está todo eso de que el actor está aprendiendo continuamente, pero ¿no va a ser cierto? Por fuerza tiene que ser así, si andas metiéndote por ahí en la piel de cualquiera. No nos vamos a engañar. Si todos sabemos a estas alturas lo que es un tipo duro, es porque James Cagney, Humphrey Bogart y, en otro nivel, John Wayne (¡si es que hasta el nombre suena a ring!) nos lo enseñaron. Y si sabemos lo que es una *femme fatal*, pues por la Hayworth, la Gardner, y sobre todo Lauren Bacall. Y si conocemos... y así sucesivamente. Es cierto, en la fábrica de los sueños muchas son las manivelas que hay que maniobrar, pero al final, cuando la fábrica hace sus envíos por el mundo, lo que entendemos por ese sueño nuestro es lo que nos cuentan los señores que vemos. Para eso están las manivelas, ¿o no?

FERNANDO CAYO (que de esto sabe un rato):

"Yo creo que un problema que hay entre la gente del mundillo éste es la falta de imaginación. Es decir, cuando a ti te venden algo, no tienen la imaginación para ver que tú eres un actor que puedes hacer muchas cosas, y eso le pasa a todo el mundo en este país. Pasa un poco en general, porque también es fácil. Alguien, cuando está haciendo el casting, si ha visto a alguien haciendo un tipo en otra película y lo ha hecho bien, enseguida va a pensar en ese actor. Es normal: es un poco el mecanismo de la industria del espectáculo en general".

"¿Sabes qué pasa?", interviene NATHALIE SESEÑA. "Que si quieres ser actriz y los

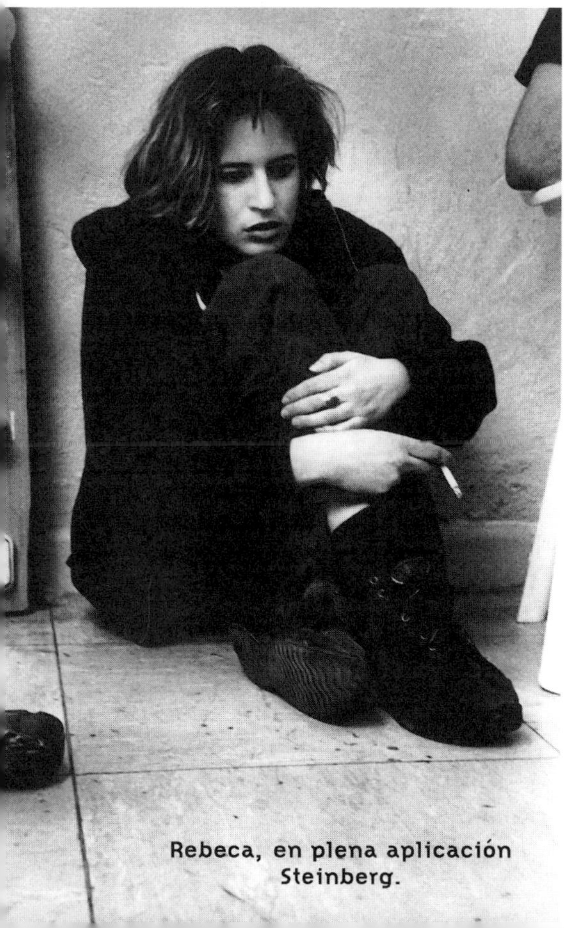
Rebeca, en plena aplicación Steinberg.

Alicia Cifredo, camarera del Eskombro en la peli.

demás te empiezan a dar papeles de un sitio y de otro y no sabes muy bien porqué, un día dices: "Ah!, pues debe ser que es que funciono en comedia" Son los demás y los directores, los que, de una manera u otra, deciden esto (...) Yo creo que hay que tener mucha humildad, para ser actor/actriz, porque dependes de muchos factores externos. Hay que tener mucha humildad, sobre todo cuando empiezas. Mucha humildad y mucha confianza en tí misma para escuchar muchas veces que no, que no, que no y que no, y aún así, seguir".

(Obsérvese lo bien que se lo tuvo que pasar Chema escribiendo estas cositas)

Pau Cólera

Zalo "El Guay"

EXTERIOR PABELLÓN. NOCHE.
Oímos de fondo una música cañera del concierto que está teniendo lugar dentro del pabellón. Tirado al lado de la entrada, un joven duerme la borrachera. A su lado varias litronas vacías por el suelo poblado de pasquines de giras de conciertos. Vemos al tío que los reparte dándole uno a un colgado que pasa por allí.

Según Chema, Zalo tiene 20 años. Es el pequeño de una familia de 10 hermanos de clase media-baja. Pasó inadvertido para su familia entre tanta peña. A los 12 años abandonó el colegio y se refugió en casa de una tía suya soltera que fue su verdadera madre. Ésta se echó un amante que había tocado en un grupo de rock y Zalo descubrió con él su pasión por la música. Gracias a él entró a trabajar de pincha en un bareto del barrio donde conoció a Rodol.

Zalo es Pau Cólera. ¿O Pau Cólera es Zalo? "Zalo es el guitarrista del grupo, el compositor y un chaval joven, inocentón en cierta manera, aunque tiene muchas vivencias, pero es un tío que pasa por la vida como si fuera un huracán, sin fijarse en nada, sin pararse en nada. Vive a dos metros por encima del suelo y no se compromete ni con nada ni con nadie y al final la vida le pasa factura, como a todos (Pau Cólera *dixit*). Hay con los actores un peligro que luego se pone de manifiesto con el público, y es que cuando uno da tanto

tanto un papel, luego el espectador no se lo puede imaginar de otra manera, en otro papel. Es la "falta de imaginación". Pero es que es inevitable, precisamente por ser el actor esa "carne de sueño" de la que ya creo haber hablado. Con Pau pasa eso, al menos en el rodaje. Pau es la imagen de Zalo que uno tiene en la cabeza... ¡Uno de esos milagros del casting!.

Esta es la primera película, es decir, la primera experiencia seria en cine que tiene Pau. Antes iba para Ingeniero Químico, hasta que descubrió que lo que hacían los chicos del teatro universitario no era juntarse los sábados a tomarse copas. Después de la experiencia (una obra allá) se metió en Juan Carlos Coraza, la escuela de al menos tres de los chicos *Shacky*, y de ahí, a tocar el impepinable mundo de los cortos de mano de "colegas"

"Yo he trabajado - y esto que voy a decir me lo censuraron en Telemadrid-, como la mayoría de los actores que empiezan, o que son jóvenes, y no son tan jóvenes, por la cara. Porque no se gastan pasta, los cortometrajes no se mueven... En fin, que no hay pasta para todos y entonces, pues hay que currar gratis".

Ha pisado algunas tablas del teatro, pero ésta es en verdad su primera experiencia de cine. Pau, como era de esperar, ha cambiado a Zalo. Le ha hecho más enérgico y menos enigmático de lo que era la idea de Zalo, quizá el personaje más "simpático" de la película, el "guay".

"También creas amigos, o, bueno, gente conocida. En ese sentido, ha sido también trabajo de Chema, con lo de los ensayos, que no sólo vale para venir más tranquilo, sino para conocernos. Se crea un colegueo, unos amigos que teóricamente se reflejan en la película y que acaban creándose en la realidad".

"Lo peor es esperar, porque eso te quita energía, pero eso también hay que aprenderlo. En este rodaje yo he aprendido cosas tan importantes como esa, que hay que economizar energía. Estar como actor en una peli es una cuestión de concentración. Es muy jodido, porque en teatro, por ejemplo, todo es lineal. Tú tienes un papel y el tiempo que dura la obra para estar en él, para pasar de un estado a otro. Pero en una peli ahora ruedas esto, luego esperas cinco horas y ruedas otra movida completamente diferente, y eso llamándote de pronto, poniéndote y ¡hale!, a rodar. Si llegas a esto y no dominas tu energía, la vas perdiendo, de tal manera que cuando llegas a la última ya no tienes energía, y tiene que ser tan fresca como la primera. Cosas como ésa.

Has de tener un grado de concentración muy fuerte, y no hay tiempo para tenerlo. Vale, sí, has ensayado durante dos meses y eso desde luego ayuda, pero en ese momento es cuando tienes que entrar y hacerlo, y no hay tiempo. Yo echo de menos eso, el tiempo para prepararte una escena. Debe ser que tienes que ser una "estrellita" para tener ese tiempo. Quiero decir que para iluminar se pueden tirar 15 minutos, pero para que un actor esté en su punto, puede que se necesiten 25 o 35, y no se da así. Yo considero que, ante una cámara (cuando ya tienes muchas tablas ya no tanto) lo más difícil es concentrarte en lo que estás haciendo, y sólo en lo que estás haciendo. Sin fijarte en lo que hay fuera, ni en este no sé qué, o en ese no sé cuántos. Concentrarte hasta el punto de que, cuando dicen "Acción", tú llevas ya media hora o quince minutos concentrado en tu trabajo, sin hablar con nadie, sin hacer caso a nadie, metido en lo tuyo. Necesitas concentración porque tiene que ser algo vivo, en lo que puedas estar a gusto, viviendo y expresando, pero creyéndotelo. Y eso es muy difícil, eso es algo de lo que no te puedes despistar. Son un mogollón de cosas. Tienes que estar muy concentrado".

ZALO

Yo ya no aguanto más. Tenemos que sacar pelas de donde sea y pirarnos.

CANI

¿Pero a dónde vamos a ir con 25 putos papeles al mes?

ZALO

Me da igual, yo estoy seguro de que saldré de aquí... y pronto, porque soy...

CANI

(ANTICIPÁNDOSE)... ¡Diferentes! Eres diferente. Todos somos diferentes...

ZALO

(EXCITADO) ¡Yo lo soy, y me voy a pirar a Londres!

Zalo no tendría émulos en el mundo del rock, al menos en el establecido. No es como Rodol, que sería una especie de Paul Weller, o esta gente que intenta proyectos diferentes, que va de grupo en grupo, porque lo que le interesa es, al fin y al cabo, la música. Zalo nunca llegaría a tener un grupo, y eso que es el que más talento tiene. Pero no tiene constancia. No tiene lo que hace falta para moverse por aguas procelosas. No cree en proyectos y nunca se sacrificaría por ellos, porque vive al día. Si algo le produce complicaciones, lo deja. Eso no quiere decir que sea un perfecto gilipollas. Sólo que va a su bola: es un claro ejemplo del que "nace" frente al que "se hace", que es Rodol. Digamos que sería una idea cercana al vividor (del rock, sí, pero vividor). Concluyendo: el líder de nuestra historia.

Lo siguiente es Salamanca. O lo anterior, según se mire. Zalo, chico emprendedor donde los haya, tiene una banda junto con Sebas y Rodol, ese tipo de chicos algo más oscuros y segundones en su adolescencia que aprende vida social a base de meterse a tope a emular al resto, y al fin se revela un día como un precioso cisne,

Rodol, ¿sabes dónde tengo que conectar esto?

patito feo de corazón, que será el único que realmente consiga sus objetivos. Lo que interesa no es el cisne, sino el patito. El patito, que todo lo mira, es concienzudo y observador. No habla si no tiene que hacerlo y en su corazón electrificado cabe una sola cosa, que es la música. Va a conciertos, se mete lo que haya que meterse, no tiene héroes especialmente marcados y dice tacos entre los que intercala palabras de la RAE. Pero seguimos en la casa de Eduardo Dato (Madrid), sorteando tablas y montando escenarios, saboreando y sufriendo la magia del cine, todo eso.

¿Sabían ustedes que por aquí hay famosos? Pues a veces los patitos feos se pasan la vida aprendiendo tanto tanto que se quedan en el camino. En el guión, ése es Steak Thomas. En la vida real, ¿hay alguien mejor que Manolo Kabezabolo para encarnarlo? Aquí comienza el primer capítulo de lo que en el pasado era el futuro de cualquier rock'n'roll star.

Andrés Gertrudix

Rodol "El (más) listo"

22 años. 25. El del medio de una humilde familia de tres hermanos (Rodol). No se va preguntando a la gente así, de buenas a primeras, si tiene pasta o qué (Andrés). Sólo llegó hasta 1° de BUP (Rodol). Empecé Periodismo, pero no me molaba ni el rollo ni la Universidad, y lo dejé para estudiar interpretación. Cómo no, en Juan Carlos Coraza (Andrés). En contra de su padre y con 14 años dejó los estudios y se puso a currar de camarero en un bar de

pinchos (Rodol). Quería hacerse músico, actor y no perdió el tiempo, no (Andrés). Con el primer sueldo se compró un teclado de segunda mano (Rodol).

Hice cortos en vídeo, con amigos y tal, y a los 16 ya tenía mi primera banda de heavy-rock con unos colegas del barrio de San José de Salamanca (Rodol). Hice mi primer largo con Ray Loriga, *La pistola de mi hermano* (Andrés).

Siguió currando de camarero, pero poniendo copas en garitos de noche, que de algo hay que vivir. En uno de ellos conoce a Zalo. Con él y Sebas, un vecino del barrio, forman *los Shacky Carmine*(Rodol).

Rodol es un tipo constante y trabajador. Desde el principio tiene claro que quiere vivir de la música. Con su actitud seria, cambiará la trayectoria de los *Shacky*. Realista y ambicioso, es (musicalmente hablando), el más profesional. Sabe algo de solfeo y se preocupa por tocar bien. Observador y camaleónico, sabe adaptarse bien a las circunstancias. Sabe escuchar a quien tenga algo interesante que decir. No le gusta ser el centro de atención y quizá por eso le falte algo de carisma. Enganchado a los porros, es especialista en hacérselos de distintos tipos.

"Rodol es el que tiene pensado en la cabeza cómo quiere que sean los *Shacky*, por dónde los quiere llevar, los conciertos... Es un poco el que se preocupa de todo eso. Es un tío bastante serio, bastante trabajador, constante en lo que hace. Yo creo que de todos los personajes, Rodol es el más normal, el que no está tan pasado, el más racional, el más tranquilo, el que más se acerca a la gente".

A Andrés ya le habíamos visto antes, o al menos eso creemos. Eso, si nos interesa el buceo cinematográfico entre salas y festivales. El caso es que nos suena su cara, pero por otro lado pensamos que con la mirada de este chico no puede haber mucho espacio para las dudas. En los primeros días de rodaje, Andrés rueda escenas de ésas en las que tiene que estar serio y clavar algunas miradas en diversos interlocutores. ¡Y mira que nos suena! Le escuchamos y pensamos que quizá se trata de un locutor de radio en tiempos libres, pero no, porque no es la voz lo que nos suena. Le miramos y pensamos que seguramente será de algún spot publicitario, o puede incluso que sea DJ en algún bar madrileño, o amigo de alguien, pero el caso es que nos suena... ¡Pues vamos y le preguntamos! *En La pistola de mi hermano*, contesta. ¡Claro! Él era el hermano, no el de la pistola, sino

el que supuestamente dice que su hermano tiene una pistola. *La pistola de mi hermano* fue aquella interesante pero quizá fallida incursión de Ray Loriga en el celuloide del que tanto beben sus libros. Y lo de la mirada. Pues: "En las películas, son los actores los que tienen el peso. Yo creo que eso es realmente lo que llena a la gente. Por muchos efectos y muchas movidas que tengas con la cámara, si el tío que tienes ahí no te está contando nada con los ojos, pues no se va a ninguna parte", dice.

Algo después de Loriga, a Gertrudix se le vio en el último, controvertido y buenísimo corto de Achero Mañas "Paraísos Artificiales". Y ya no cabe duda. Andrés fue una apuesta por parte del casting de *Shacky Carmine*.

CARMELO: "A Andrés le llamamos el primer día. Era alguien en quien ya habíamos pensado. Hizo la prueba para Rodol, que es el personaje que interpreta, pero a mitad del casting se nos ocurrió que quizás pudiera dar mejor como Zalo porque Andrés, como persona, es un tío muy carismático, tiene algo misterioso que Rodol, el personaje del guión no tenía. Así, el Rodol que ha resultado, que en guión era un tío muy normalito, un poco gris, aquí no es gris para nada".

Cada uno tiene su método. El método es tan relativo... Hay cosas del método que te pueden valer para determinados estados de ánimo, y hay cosas que no. Yo he estudiado con Carlos Coraza

La cabecita envuelta en la manta es Andrés, en Salamanca. Marzo. Etx. Noche, con casi 40 de fiebre.

y hay cosas que he aprendido, cosas que no, cosas que te pones una canción y consigues algo determinado... No sé. También es cierto que, con el tiempo, ves que la cosa se agiliza más, y las emociones te vienen más rápido, las tienes más cercanas y tienes mucha más discontinuidad. Luego, lo del método, depende de las personas. Yo, por ejemplo, aquí no es que esté haciendo un curro muy intenso, de profundizar en el personaje, porque tampoco lo pide la película. La película pide otra serie de cosas. También tienes que saber en qué momentos puedes aplicar un método de curro o tienes que hacer un trabajo más mecánico y más rápido y directo, en vez de andarte por las ramas con el "ahora siento" y "ahora no sé qué". Ocurre que dices: "¿Esto?", pues tienes que dar esto.

RODOL
Ayer me llamó Toni. Me ha encontrado un curro de camareta en el foro... Empiezo el lunes.

SEBAS
¿Pero qué dices, tío, te abres? ¿Y en tu kel?

RODOL
Se lo diré mañana, ¡pero bah! Mis viejos están locos porque me dé el piro.

SE PRODUCE UN SILENCIO

RODOL
Lo único que me jode es dejar los *Shacky*, pero en el foro hay más posibilidades. (LE PASA EL PORRO A SEBAS Y SE PONE SERIO, HACIENDO UNA CONFESIÓN) No sé, tronco, quiero vivir de la música.

MIENTRAS RODOL HABLA, ZALO SACA UNA MONEDA Y COMIENZA A LANZARLA AL VUELO A VER QUÉ HA SALIDO.

RODOL
Esto se me queda pequeño. Aquí el tiempo parece que está parado, todos los días lo mismo.

SEBAS
Estoy contigo. (CON RABIA) Esto está bien para estudiar, pero nosotros... ya ves... (LE PEGA UNA FUERTE CALADA AL PORRO Y LE DA UN SUBIDÓN) Oye, y si nos piramos todos para allá. Hostia, qué punto. Los *Shacky Carmine* en el foro. Puede ser la hostia, ¿eh, Rodol?

RODOL
(SARCÁSTICO) Sí, por lo menos allí no nos conocería nadie.

SEBAS
No tiene que ser tan difícil salir adelante allí... (COMIENZA A SOÑAR EN ALTO) Un par de conciertos de teloneros, un par de contactos y... ¡raca! Grabamos el puto disco. (LOS OTROS PASAN) Hablo en serio. (SE ANIMA ÉL SOLO) ¡Que sí, tío, que yo me voy contigo!

RODOL
Por mí, cojonudo.

SEBAS
¡Venga! Bueno, ¿qué pasa? Tú, Zalo, ¿qué dices?

Zalo dice que a tocar, o que a escuchar, o que a buscar jaco para la rock'n'roll star... ¡Por cierto, la rock'nroll star!

Fernando Cayo

Apolo "El duro"

Y así, Zalo y Rodol, en busca desde hace meses del cantante ideal conocen a Apolo, este bestiajo guripa de buen corazón. Con el mismo ímpetu que reparte entre el cuerpo policial, nuestro aspirante a Iggy Pop de los 90 escupe sobre su público. Se meten, tocan aquí, escupen, son escupidos, un poco de épica por aquí, y un poco de crystal por allá y ¡tachán!, *Shacky Carmine* ya tienen una historia:

APOLO
Buenas noches.... (NADIE LES MIRA) Buenas noches.... (LO MISMO) ¿Sabéis lo que os digo? Que aquí va a tocar vuestra puta madre.

Y con razón.

Fernando Cayo. APOLO. EL BOXEADOR SONADO.

APOLO
Joder, yo no valgo para esto... (NERVIOSO, PEGA OTRO LINGOTAZO) Oye... (HACE UN SILENCIO) Que... yo lo dejo, buscaos a otro...

Fernando, más cercano a la imagen a que nos tiene acostumbrados, simulando dureza con un palo.

ZALO Y RODOL SE QUEDAN DE PIEDRA.

APOLO
Me han ofrecido un curro. Creo que lo voy a coger. Después de todo, lo único que hago bien es currar de portero.

RODOL
¡Eh, Apolo, no jodas!

ZALO
Has pillado rápido la filosofía del grupo. Y cantas de puta madre.

APOLO
Pues hoy me siento como un mono de feria.

RODOL
Tío, sólo llevamos dos conciertos... A la tercera va la vencida.

APOLO
Paso de salir ahí a sufrir. Lo siento...

"Apolo es el más marginal de los personajes que aparecen en la peli. Es un tipo muy radical, un personaje que fundamentalmente tiene miedo. Y, como suele pasar en la vida real, funciona el principio de los contrarios: si un tío es muy "echao p´alante", como Apolo, es porque sucede algo detrás. Y el problema es ése, que él tiene miedo a todo: miedo a quedarse sin trabajo al principio, cuando está de portero; tiene miedo cuando le ofrecen empezar con el grupo y empieza... Bueno, tiene miedo constantemente, y ese miedo lo resuelve atacando, siendo violento. Por ahí va la esencia del personaje. Cuando el grupo tiene éxito, tiene miedo de ese éxito, no lo sabe sobrellevar, igual que le pasa a mucha gente con el éxito, en muchas facetas, que cuando llegas a cierto nivel te da miedo dónde estás llegando. No sabes adaptarte a la nueva situación que produce en ti y entonces te intentas apoyar (en este caso, el de Apolo, en drogas y en violencia, lo que le lleva a la vorágine final)".

Fernando es un actor de formación que podríamos decir clásico. Ha pisado las tablas desde hace mucho tiempo, y se ha formado de la mano

No es Antón Reixa, es un mongol, no un ratón, no es

de Shakespeare, Lope, Eurípides... lo que le pongas. Lo único que tiene en común Fernando con su personaje Apolo puede ser la fuerza, la expresividad de los movimientos, la facilidad para la mirada. En lo demás...

"Una cosa que no puedes hacer en el cine es que no puede ser evidente, es decir, que si tú estás triste no puedes mostrarte triste porque en la vida real, nosotros, cuando estamos en un estado anímico determinado, normalmente tendemos a camuflarlo para que los demás no noten cómo estás. En el caso de Apolo, esto es así y mucho más, porque estamos hablando de alguien que tiene miedo de las personas. La relación que tiene con las personas es muy violenta, siempre marcando distancias porque tiene miedo de que se rían de él y no muestra sus emociones con claridad, las muestra siempre solapadas".

He aquí la historia que Chema inventó para su hijo más problemático, Apolo (es decir, la historia que sabe el actor y que no tiene por qué saber el espectador en ningún momento. Lo que "se le nota" detrás de todo lo que hace, lo que le explica. Bueno, éste era Apolo antes de ahora:

29 años. El más marginal de todos. Su madre murió al nacer él, y su padre, alcohólico, desapareció poco tiempo después. Pasó su solitaria infancia entre reformatorios y la casa de una hermana de su madre. Un par de veces quisieron adoptarle, pero siempre era devuelto. Así hasta que, con 16, un amigo de su padre le ofreció un trabajo como descargador en Mercamadrid. Allí fue donde conoció a la gente de lo que sería "Los Katapult", su primer grupo de música heavy donde, con unas melenas hasta los pies, tocaba el bajo y cantaba. El que fuera manager del grupo, con el tiempo llegó a ser encargado de la sala Eskombro. Allí le ofrece el puesto de portero".

Esto, Chema (¡..colega!); y Fernando:

"La historia la tiene ya por guión, porque en alguna ocasión él habla de su padrastro. Pero tienes que montarte un poco la biografía, tienes que imaginarte de dónde viene ese personaje y este personaje viene del submundo de la sociedad: es un chaval que no ha tenido padres, lo único que ha tenido es un padrastro que le ha explotado currando en Mercamadrid descargando cajas. Entonces te imaginas un poco lo que tiene que ser la niñez y la adolescencia de un personaje que se mueve en esa historia para luego justificar que el personaje esté embrutecido: cosas, por ejemplo, como que no hable bien (él no puede hablar como

estamos hablando ahora tú y yo) y todo ese tipo de historias. Así se justifica, por ejemplo, su ignorancia a la hora de negociar el contrato con PK en la discográfica, muchas cosas. Es un tío que se ha movido en otros ambientes y que se ha ubicado en la margen violenta de la sociedad, y ahí es donde se siente a gusto, donde trabaja".

Según Chema, así se queda Apolo para la pantalla:

"Instintivo y emocionalmente inestable. No excesivamente listo, pendiente de lo que piensan de él los demás. Sin miedo, posee una fuerte energía interna que lo hace incombustible. Debido a la falta del entorno familiar y de cariño apenas tiene autoestima, síntoma que oculta con agresividad. Pero en el fondo está deseando tener una "familia" donde ser aceptado. Esto lo encontrará en los *Shacky* y sobre todo en el reconocimiento y el éxito del público".

Y Fernando:

"Hay una historia de Mijail Chéjov, el sobrino del Chéjov autor de teatro, que tiene una serie de reglas para dirigir una obra, en un libro que se llama *El actor* y habla del principio de polaridad, que consiste en que cualquier obra tiene que empezar de la manera contraria a como acaba. Luego te empieza a analizar todas las fases por las que se va, y dice que tiene haber una evolución: una obra no puede ser plana. Y eso este guión lo tiene, no es plano en absoluto. Va pasando por picos, por momentos de subida, de bajada, que lo hacen interesante, y al final, va hacia arriba, que es otra cosa que mola. Como actor, lo más interesante es la evolución que tiene: que empiece de una manera, que luego pase por otra fase, luego por otra. En el trabajo de actor, Apolo tiene cinco fases bastante claras: cómo empieza, los estados emocionales por los que va pasando y las fases, que son un poco como las fases emocionales de la película. Como actor, eso es lo más interesante. Personalmente, me ha gustado mucho tener tantas escenas de acción. A mi eso me gusta mucho, porque yo soy muy energético, muy físico. Hago bastante ejercicio, igual que el teatro que hago, que es muy físico. Entonces, que la primera película que haga pueda pegarme unos tiros, pues está muy bien, o el haber trabajado con Ignacio Carreño (el especialista). También el haber pasado por muchos momentos, como la drogadicción, que también es un reto, el hacer un personaje que está drogado en distintos estadios: con un puntillo de alcohol o con coca, luego que si pastillas, que si tal. Bueno, es emocionante hacer una persona que vive así, tan a tope, es interesante."

Esto se pone interesante (¿era en *Pulp Fiction* donde se decía aquella sentencia proverbial de "¡Muchachos, no empecemos a chuparnos las pollas!"?...). pero aquí no acaba el romance. Entro al trapo, ya que Fernando no se pué aguantá":

"El trabajo con Chema ha estado de puta madre porque, bueno ya sé que siempre que te preguntan, pues vas tú y hablas bien de las historias y es un poco coñazo, pero es que es verdad: es un tío muy relajado y eso lo aprecio. A mi me gusta la gente que transmite pero sin necesidad de atacarte. Chema es un tío que ha hecho todo, desde el principio del trabajo hasta el final está siendo sumamente relajado. Eso está bien, porque te da tiempo a pensar las cosas, no te aturulla, es una persona muy creativa. Nosotros aportamos cosas, él nos ha aportado cosas a nosotros: ha habido ahí un intercambio que está muy bien que se dé. Y mucha confianza, además, que eso te da más peso"

¡Bueno, basta ya! Apolo, perdón, Fernando, está bien contento. Chema está bien contento. Todos estamos pero que muy contentos. Oye, ¿y la peli, Fernando?

"Mira, el otro día preguntaba un periodista de no sé qué televisión que si alguien se iba a sentir identificado con todo esto. Yo creo que el problema no es ése. Tú no dices: "Voy a hacer una película para que la gente se sienta identificada". No. Primero tú haces una película para lo que se hacen las películas: para divertir a la gente. Aunque sea un drama. Un drama, va a verlo la gente. Y llora, pero ese llanto le produce diversión, le gusta, le causa placer. Y para eso haces una película, para contar una historia que interese, que entretenga. Ésta es una historia sobre gente joven que lucha por un sueño". Conmovedor.... Y FERNANDO, que no hay quien le calle: "Sí".

Pues aquí le dejo, con la última palabra.

Rebeca Jiménez

Malu "La chica"

EN LA PELI

20 años. Hija de funcionario. Nació en el barrio de Moratalaz. Es la menor de tres hermanos. Creció en un ambiente de izquierdas, al ser su padre activo militante de CCOO. Criada en la calle, en libertad, pronto abandonó los estudios y empezó a ganarse la vida con un puesto ambulante de camisetas y pulseras. Toma contacto con grupos marginales: pro-insumisos, verdes... A los 17 se marcha de casa a vivir con un grupo de okupas, donde se empieza a interesar en serio por la música. Funda las Sourf Froston, un grupo enteramente femenino.

Es independiente, visceral y entregada, una explosiva mezcla de dureza y ternura. Desprendida y atrevida, siempre se ha sacado las castañas del fuego ella sola.

Rebeca, durante los ensayos.

Muy íntegra y decidida, se enfrenta a sus compañeras porque para ella tocar no es un entretenimiento: quiere hacer las cosas bien. Pero a lo largo de la historia sufrirá una transformación, tras su encontronazo con la heroína. Después de rozar el infierno, se da por satisfecha con poder seguir en esto de la música.

Rebeca Jiménez, (¡por Dios, que nadie vuelva a decir que esto es una peli-de-una-amistad-que-dura-dos-años ni que Rebeca es la hermana de Lucía, ni que Lucía es la de *Al salir de clase*, ¿queda claro?!), pues el caso es que Rebeca Jiménez tiene 23 años. Lo de la interpretación empezó a llamarla a los 16, cuando hizo dos cortos, uno de yonqui y en otro de prostituta ("Debe ser que esos son mis papeles", dice). Con 18, como le moló, se metió a estudiar en Juan Carlos Coraza, para ser actriz y esas cosas. Ya terminada la escuela, y después de dos años de infructuosa búsqueda en diversos castings, se entregó a su otra pasión: la música.

Le da a la guitarra en un grupo que tiene desde hace unos dos años. Tocan versiones de rock y de blues, y este septiembre empezaba a montar otro, cuando de repente, ¡zas!, RIIIIINNNNGGG. "Oye, que soy Carmelo, y que os llamo (a Lucía y a ti) porque como ambas sendas dos hicísteis las pruebas, pues que sepáis que es para Rebeca, y que ya está dicho, y que eso...", y algarabía en la residencia de los Jiménez, porque ambas sendas dos se alegran de la afortunada elección. (Carmelo respira al fin: no es bonito enfrentar a dos hermanas):

"Yo siempre pienso en la suerte que he tenido. Han sido cinco años en los que lo he estado intentando y ya, a veces, empezaba a pensar que quizás nunca iba a conseguir trabajar en esto. A veces estaba incluso un poco deprimida, pero, como también canto, pues me había ido un poco más hacia ese lado. Decía: 'Pues si no puede ser...' . La verdad es que yo, expresar lo que siento y lo que me apetece lo expreso mucho cantando, también, por eso no lo notaba tanto. El caso es que últimamente hacía menos pruebas, y además, entre medias me fui a vivir un año a Viena, a Austria, a estudiar música y a hacer otras cosas, y entonces cuando, de repente, en un momento en que estaba que no sabía muy bien qué iba a pasar, aparecen estas pruebas, me presento y de repente lo hago, pues me siento que... No sé, que por una parte decía: 'Tenía que ser', porque lo quería mucho, y eso alivia, porque piensas que a veces lo que quieres pasa en la vida".

Talmente, como un sueño.

"Me encanta. Me gusta sobre todo que sea una tía que se dedica a la música, porque es algo que me pasa en la vida, que canto y estoy en un grupo que todavía no es nada, vale, pero que es lo que quiero, y siempre había pensado que me encantaría hacer la vida de una cantante o algo así. De repente, que esto sea la primera película, y que encima sea de esto... es que estoy alucinada. Eso, por un lado, y por otro, todos los momentos que tiene, porque es que tengo de todo: una fase más joven, con el grupo, otra cuando empezamos a tocar y a hacer la gira y el tema de la heroína, que ahí tengo momentos muy bestias, muy fuertes, porque de repente, meterte un pico ahí, es fuerte. Cuando me quedo sola, escenas en las que estoy hecha polvo y voy sola por la calle, que me parecen de una intensidad alucinante. Tengo también una escena de sexo, pero como es tan bestia por un lado y por otro un poco cómica, pues también veo que no es la escena típica de sexo, ahí, en la cama, y es que me encanta que sea así: salvaje y en unos baños. Después, ¿qué me recupero de la heroína? Pues otro estado. Cuando hago el último concierto, ahí, con Antonio Vega y Kike Sierra... ¡Jo-der! Por todas partes que mire. Es un sueño. Todo, todo lo que quieras lo tiene el personaje".

Lo dicho...y más.

"Yo tengo mucha ilusión con todo esto, y lo veo con muy buen ambiente, muy a gusto con todo el mundo, y yo no sé si es porque es la primera película, pero es que no tengo problemas con nada. Si tengo que estar helándome, me hielo; si tengo que estar ocho horas esperando,

¡¿Que no...?!

espero y estoy contenta todo el rato e incluso no me apetece irme a casa. A mí lo de irme a dormir, luego, me aburre mucho, aunque esté muy cansada. ¡Tengo tantas ganas de que llegue el día siguiente y de estar aquí con la gente haciendo la película...! Pero, vamos, yo supongo que si hago más películas, conforme pase el tiempo no estaré siempre con tan buen rollo. Me hartará esperar y no querré helarme de frío, pero por ahora..."

Es que así da gusto, ¡joder!

MALU
¡Que den por el puto culo!

RODOL
¿Qué cojones te pasa a ti ahora?

MALU
(LLOROSA) ¿Qué qué me pasa? Dios,que el día que los *Shacky* se cruzaron en mi camino fue un día cojonudo, cojonudo el día que os conocí a cada uno de vosotros.

SE LLEVA LAS MANOS A LA CARA Y TRATA DE TRANQUILIZARSE

MALU
Por los *Shaky* dejé al grupo que tenía a cambio de... ¡Bah! ¿Y qué tengo ahora? ¿Un grupo? (SEÑALÁNDOLES) Al Kiko en el talego y un jodido enganche que (SE VIENE ABAJO) a ver cómo cojones salgo de esto....

RODOL Y APOLO LA MIRAN SERIOS, PERO SON INCAPACES DE ARTICULAR PALABRA. MALÚ, LLOROSA, SE BAJA DEL COCHE Y SE MARCHA ANDANDO POR LA CARRETERA.

Patxi Freytez
PK "El casi malo" (y de cómo se hace puenting en el cine)

Hijo único de una familia de origen humilde, tuvo una infancia solitaria. Sus padres, queriendo darle lo mejor, le enviaron a un importante colegio de pago, donde nunca pudo disfrutar de los lujos de sus compañeros y fue rechazado por su diferencia social. Cuando llegó al BUP no aguantó más y abandonó el colegio, con el consiguiente disgusto paterno. Se marchó a descargar camiones en Mercamadrid. Allí trabajó muy duro y conoció a Apolo, que le metió el gusanillo de la música en el cuerpo. Un año más tarde ganó un concurso de DJ en la discoteca de su barrio. A partir de ahí comenzó a pinchar en cutre-discotecas. Con el tiempo fue haciendo buenos contactos y llegó a pinchar en el Eskombro.

Es un tipo calculador y emocionalmente autosuficiente, que ha aprendido a no fiarse de nadie. Con don de gentes, ambicioso e inteligente. Sabrá aprovechar bien las oportunidades que la vida le brinde, al precio que sea. Palabrero y de discurso fácil, pero con capacidad de convicción.

La primera vez que el mundo, así, en general, tuvo la ocasión de ver a Patxi en acción fue en *A los que aman*, segundo largometraje de Isabel Coixet. Luego, a nivel de gran público, es conocido en los últimos tiempos por su aparición en la serie televisiva *Ellas son así*. Patxi fue una adquisición tardía de la película, y el único actor pseudo-principal que no ensayó, por una sencilla razón: él entró a formar parte del rodaje dos semanas antes de que éste empezara, y eso que lo había intentado:

"Yo me enteré de esta película porque Oscar de Julián (el guionista) es cliente asiduo del mismo bar que yo, y por eso supe que Chema de la Peña empezaba a rodar y que estaba haciendo casting. Nos presentamos unos cuantos y, bueno, yo, en mi caso, tuve mala suerte, porque hice prueba para dos o tres personajes, no lo recuerdo bien y el caso es que al final me quedé fuera". Luego, el día de Reyes, llama Gaspar en forma de director de casting que responde por Carmelo y le dice que uno de los actores elegidos para PK había fallado. "PK es el prototipo del 'trepa', digamos un tío que se sabe buscar la vida. Ha empezado desde abajo, sabe lo que cuesta llegar arriba y, en cierto modo, tampoco es capaz de escatimar muchos escrúpulos". Chema dice que ninguno de los personajes de Shacky Carmine es bueno o malo, que no hay maniqueísmo en sus personajes. En ese sentido, PK puede ser el personaje más interesante para un actor de toda la película, siempre con esa ambigüedad: PK no será malo, vale, pero es un cabrón. Parece ser el 'más malo', o al menos, el 'menos bueno' de la película. Yo estoy muy contento porque siempre me toca hacer personajes de bueno. He hecho personajes de malo, pero siempre en el teatro, y con caracterizaciones que no tienen mucho que ver con esto. Además, no se parece en nada al otro personaje que hice en la película de Coixet, y me apetecía mucho probar un registro opuesto. Es divertido, ser un poco malo, tener esas dos caras siempre tan presentes. Chema me ha insistido mucho en eso".

Patxi prefiere el teatro al cine y, sobre todo, a la televisión. Prefiere el teatro "porque el teatro te exige mucho más como profesional y yo soy un actor, lo que se dice 'de escuela', del método, aunque sé que es un término muy vilipendiado, pero yo trabajo así. Para mí puede ser mucho más importante una palabra o un silencio que mil palabras. Para el tipo de actor que yo soy, lo mejor es el cine, donde sí existen silencios y, sobre todo, el teatro".

El "tipo de actor" que dice ser Patxi es un actor que encuentra su trabajo más divertido cuanto más difícil es. Es decir, que cuanto más alta la apuesta, mayor es la emoción, que cuanto mayor es el peligro, más la adrenalina, que a chica inaccesible, más dosis de

morbo.... "Yo me imagino que esto es como tirarse de los puentes atado a una goma, que cuanto más alto es el puente mejor te lo pasas". No, si es que siempre funciona...

(OTRO DIA, QUE ME PASEO POR EDUARDO DATO)

En un descanso del rodaje, me encuentro con Patxi con cara de extrema felicidad (Cara que, por cierto, a Patxi se le puede ver en múltiples ocasiones. Cuando miro el plan de rodaje, me doy cuenta de que Patxi no tiene hoy actuación y le pregunto a qué se debe esta dedicación tan desinteresada a la causa *Carmine*, y él, como si fuera un niño con zapatos nuevos, me cuenta que éste es su segundo rodaje y que qué le va a hacer, si a él le encanta todo esto.

"Nada", digo yo, "pues a andar por aquí. ¿Quieres mi grabadora un rato?" Le emociona, no mi oferta, claro está, sino el hecho de andar por aquí entre focos, cámaras y ambiente de "cineros". Recuerda el rodaje de *A los que aman*, en el que era protagonista, y dice que los días que no le tocaba rodaje le daba igual, que también iba y estaba allí, mirando. Y que lo mismo hacía hoy. Me habla de la emoción de un rodaje, de lo sumamente divertido y subyugante que resulta todo esto para él. Pues bien, qué buen rollo. Así da gusto. Pasa este día, pero es que la anécdota vuelve a ocurrir en la antigua Revolver, donde él tampoco tiene papel. "Es que vivo muy cerca...", me dice

Belén Puigcerver, maquilladora.
Debió de ser ella, entonces.

cuando le miro divertida. ¡Qué majete, este chico! Así es que le hago esta foto...

CARMELO BLANCO:
A Patxi le probamos al principio de los tiempos para Apolo y al probarle vimos que Patxi debía hacer otro personaje. Pensamos en Kiko, el que ahora hace Manolo, pero cuando hicimos el casting de Kiko, a Chema le metí diez actores muy buenos, y que podían aportar mucho al personaje. Patxi se quedó un poco descolgado y por otro lado surgió que teníamos problemas con el personaje que iba a hacer de PK. Nunca habíamos pensado en él para ese personaje, pero por esa circunstancia le pudimos recuperar, y creo que es una de las joyas del reparto".

PK:
"Tú tienes capacidad suficiente para liderar un grupo. Con los *Shacky* lo has demostrado. Yo tengo una banda que te podría arropar mejor..."
(Y aquí nos imaginamos la sonrisa malévola, y las pupilas de los ojos convirtiéndose en signos de dólares, como al Tío Gilito...).

En Salamanca con Jana, **Nathalie Seseña** "La pasante"

ESTA ERA LA PEQUEÑA (Y SALVAJE) JANITA, MÁS O MENOS...

Hija de emigrantes, nació en Suiza. A Los 2 años, sus padres la enviaron a Madrid a vivir con su abuela, que se convirtió en su verdadera madre, ya que sus padres no volvieron definitivamente hasta que Jana tuvo 12 años. Creció en un ambiente religioso y fue una chica modelo en el colegio de monjas donde estudió. Hasta que un día, a los 14 años, apareció embarazada de un tipo de 25. Su abuela la obligó a casarse, aunque después abortó de forma involuntaria. El supuesto padre fue uno de los precursores de la movida, y con sólo 15 la metió en el ambiente musical del Madrid de los '80. Rápido aprendió a tocar los teclados y a probar todo tipo de drogas. A los 18 ya había realizado varias giras y saboreado las mieles del éxito como cantante en varios grupos de éxito. En uno de esos grupos conoce al hombre de su vida, que un año más tarde muere de una sobredosis. Jana, cansada, abandona la música y desaparece del panorama, refugiándose en sí misma. Con el tiempo se convertiría en una gurú del panorama musical, aunque para sobrevivir tuviera que dedicarse a ser *dealer* de todo tipo de drogas.

Y ESTA, LA ACTUAL GRAN JANA, MÁS MÁS QUE MENOS...

Según la definición de Chema, Jana es enigmática y espiritual, borde y distante. La vida le ha enseñado varias veces su cara más dura, y eso le hace ser pragmática y realista, con un temple especial, una manera de estar por encima de las cosas. De su educación religiosa le queda la fascinación por lo esotérico. Precavida pero despistada, sin pelos en la lengua, dice lo que piensa.

Jana es Nathalie Seseña. De todas las hojas que Chema me pasó con estas divertidas caracterizaciones de personajes (una especie de *dramatis personae*), Jana era la única que tenía especificada su parte para el casting, es decir, que quizá la caracterización de este personaje fue la única de toda la película que se hacía con la base ya en la actriz (lo típico de "ese papel fue escrito para ella"). Personalmente, Jana me parece uno de los personajes más interesantes de *Shacky Carmine*, el más duro realmente, el que más ha vivido, el más descarnado, el que no perdona, el que mide las consecuencias de la vida de los *Shacky Carmine*: ("Todos pensando en el puto éxito. Por aquí han pasado ya muchos grupos, todos con las mismas ganas de comerse el mundo y con la misma obsesión de grabar el puto disco, ¿y al final qué?").

"No, si yo he venido aquí a animar. Vamos, que notaba al grupo un poco desanimado después de seis semanas y me he decidido a venir. Y la verdad es que sí ha sido así: ha sido verme y todos felices y contentos..." No sé los miembros del rodaje, pero desde luego, los que sí se ha alegrado son los 300 extras que esperan su turno en el mismo pabellón en el que yo hablo con Nathalie, y que durante la grabación de esta entrevista la llaman a gritos como haciéndose los despistados. Nathalie, radiante, supongo que acostumbrada a lo que a mi me parece una marcianada.

La situación era la siguiente. Un pabellón cubierto en las afueras de Salamanca, de esos polideportivos que a servidora ya le parecen de por sí un escenario, cuando menos, estratosférico. El enorme espacio interior está artificialmente dividido en dos partes por uno de esos plastiquitos de rayas blancas y rojas que en las películas sirven para separar de la víctima de un crimen a los mirones y, en la vida real, para decirte por dónde no hay que pasar cuando se camina por la carretera.

lita Nathalie

A un lado de los plastiquitos, el más frío, la jauría de 300 extras que la agencia salmantina de contratación de ídems nos ha traído. Entre los extras, grupis, estudiantes, voyeurs en general y muchas pintas punkies cuyo único punto en común es el de corear de vez en cuando, al "tempo" que marca el primer espontáneo: "¡¡¡Nathalie!!!". ¡Como en Jólivu! El público, vamos.

A este lado de los plastiquitos que separan la jauría de lo que, pretendemos, debe de ser la humanidad cinematográfica, los restos que esta pretendida humanidad acaba de comer en mesas improvisadas apostadas en medio de la pista de fútbol-sala, es decir, el partido. La comida (¿el balón?... yo ya me hago un lío) la han hecho los chicos de catering. En uno de los corners han sacado sus infiernillos y ¡hale!, sopita (una deliciosa sopa de mariscos), filete y pasteles, que hoy se acaba Salamanca y es fiesta.

Pues ahí andamos, en la post-cena, aún digiriendo y brindando con champán mientras los 300 aquéllos miran y enseñan los restos de papel albal de sus aburridos bocatas. Pues ahí está Nathalie, los 300 gritando su nombres y otras cosas, saludándola con la mano como el que se tomó la última de ayer con ella, y ella, acostumbrada a su rol de famoseta (en España, por si no lo sabéis, no hay famosos, sino famosetes), sonriendo con su risa contagiosa y jaleándoles. Se vuelve con la boca de oreja a oreja y exclama: "¡Qué majetes! ¿Verdad?!". Y es que en España también es preferible ser majete a majo.

Yo, por mi parte, no lo estoy pasando precisamente bien. El primer contacto que tengo con la fama, y no sé ni qué cara poner cuando estoy a su lado. Así es el alma humana de débil, al menos la de mi débil humanidad, pienso fugazmente mirando por enésima vez el mecanismo de *Pause* de mi grabadora (completamente mecánico, por cierto). No, si yo sé que ni Dios se fija en mi, haciendo como que estoy ensimismada en el intrincado funcionamiento de mi grabadora, pero a ver quién es el guapo que aguanta con un mínimo de elegancia esa situación. Por si fuera poco este tormento, Nathalie les responde con los hombros, porque desde aquí os aseguro que no se entiende ni papa y unas voces se solapan a las otras. Nathalie demuestra que no sólo sabe ser famoseta, sino que es además una famoseta ejemplar y, encima, majeta. Eso, dicen, no es algo fácil de encontrar.

"Claro", dice Nathalie a mi grabadora (yo, la verdad, ando obsesionada con el índice de peligrosidad de la jauría), "es muy fácil perderse entre la fama y toda la movida que se genera, que es totalmente artificial. Hay que tener mucha humildad para no perderte y no perder tu integridad como persona". (La integridad, pero la física la vamos a perder nosotras de un momento a otro, como nos quedemos aquí). "Es que a la gente todavía le gusta soñar, y el cine, el teatro, esta profesión en general es, para mucha gente, un sueño. La verdad es que, efectivamente, nuestro trabajo es crear historias y fantasías. Además, tanto la pantalla, como el teatro como la televisión generan una especie de distancia y eso provoca que lo veas como algo lejano, mágico, impresionante y la gente piensa que ésta es una profesión maravillosa. Y sí, lo es. La gente que nos dedicamos a eso tenemos la suerte de dedicarnos a lo que nos gusta y de tener una libertad especial, un ritmo de vida muy especial, excitante, pero luego están las otras partes, la de que incluso una vez que trabajas, que tienes un 'nombre', y que parece que eres una 'estrella', (siempre entre comillas, porque desde fuera se ve todo muy bonito), incluso ahí sabes que es una profesión en la que siempre se te está poniendo a prueba. Siempre se te está diciendo: "Esto lo has hecho bien, esto lo has hecho mal", y cada vez empiezas de cero. Eso, a menos que te hayas convertido en un mito, que entonces da igual lo que hagas, porque eres un mito. Pero a los actores continuamente se les está poniendo a prueba. Eso es por otro lado apasionante, porque es una profesión en la que no te puedes dormir, donde vives en el riesgo, en la incomodidad y en la inseguridad".

"¿Es por eso por lo que eres una de las pocas actrices que siguió haciendo cortos aún cuando ya conocías cierta fama?

"¿Sabes qué pasa? Es que yo, a través del mundo del corto, he conocido gente superinteresante y que a mi, reconozco que una de las cosas que me fascina de mi trabajo no es sólo que sea una vida de riesgo para mí, es la gente que se arriesga, porque lo que se ha hecho: algo comercial, o algo típico, eso siempre vas a tener tiempo de hacerlo, pero de pronto hablar con un tío que te cuenta una película y que se está arriesgando, eso motiva mucho. Yo, en los cortos, sentía que estaba trabajando con gente que se arriesgaba y he aprendido mucho haciendo cortos. Incluso he encontrado a directores que me han dirigido como a lo mejor no me han dirigido en largos. También he tenido la oportunidad de hacer personajes que no me han ofrecido en largos. O sea, que para mí el mundo del corto ha sido fascinante. La verdad es que a mí, mientras me guste un proyecto, me da igual si es televisión, si es cine, si es mediometraje, si es publicidad, una performance... me da igual el formato. Si me interesa la historia, y el formato y la gente con la que voy a trabajar... Es un tema de ilusiones. Fíjate, por ejemplo, en este rodaje: la verdad es que a mí me ha sorprendido en este rodaje el buen rollo. Eso pasa siempre que hay mucha gente en un mismo proyecto que está empezando: los actores, gente que había hecho cortos y que de repente se ve en un largo. Eso genera mucha ilusión, pero la verdad es que hay muy buen ambiente de rodaje desde el primer día, también por la manera de ser de Chema, que da mucha tranquilidad al rodaje. Yo siempre pienso que la manera de ser de un director es fundamental para el desarrollo de una película. Chema, al ser tan tranquilo, hace que la gente esté calmada: trabajando pero calmada, y no hay que olvidar que Chema también ha hecho cortos...

Y nos callamos, quiero decir que, llegados a este punto, ni yo tengo mucho más que decir y ni Nathalie muchas más ganas de contestar, así es que se vuelve sobre la silla de tijera para comprobar el estado de la jauría en la actualidad. La jauría, como cualquier monstruo que se precie, yace aletargada bebiendo latas y contando chistes, pero basta el sutil movimiento de Nathalie para que, cual erupción en el lago Ness, la fiesta empiece de nuevo. Un nuevo clamor se levanta

Jana-Nathalie, los cachivaches con Chema, Mr. Hide, al fondo.

poco a poco, en forma de : "¡Guapa!, ¡Torera!", y otras lindezas. Yo vuelvo a mi natural azoramiento, pero Nathalie me hace observar el pequeño detalle de los envoltorios de papel albal de antes, aludiendo que, pobrecillos, nosotros aquí con el champán y ellos con unos bocatas cutres. Hace amago con sus ojillos traviesos de "Yo no he roto un plato en mi vida: he roto 10.000", y con una gran sonrisa contagiosa se levanta de la silla y les anima a que se unan a nosotras.

A mi no se me ocurren excusas creíbles para abandonar el escenario de lo que seguro terminará en masacre. Ya veo los titulares en negrita y a 36 puntos: "¡¡¡Actriz famoseta, arrollada y aplastada por sus fans!!!! y más pequeño, siquiera sin subrayar, un subtítulo que rezaría: "Contando los restos de la masacre con la lista de extras en la mano y contando con Nathalie, se ha observado que sobra una dentadura, presumiblemente perteneciente a alguien desconocido. Una pila de grabadora rodaba aún cuando fue hallado el espectáculo". Y me veía a mi madre llorando y diciendo que sí, que ese incisivo era indiscutiblemente mío.

En el plano real, Nathalie se ha acercado peligrosamente a los plastiquitos blanqui-rojos y hace grandes señales de bienvenida con los brazos al personal, que, incomprensiblemente, está como paralizado y aún no se ha decidido a abalanzarse. Nathalie dice con tono divertido: "¡Venga! ¡Venid!". Yo retrocedo sobre mis pasos y veo que cuatro o cinco saltan los plastiquitos con soltura y que se acercan temerariamente a Nathalie. Nathalie los invita como gran anfitriona a la mesa y les sirve champán. Ellos no salen de su asombro, y ni gritan, ni se abalanzan ni nada: se limitan a brindar y sonreír, qué majetes. También yo me veo inmersa en el brindis, y al instante Nathalie está firmando abdómenes adolescentes con su bonita caligrafía hippie. En un periquete, tengo una servilleta con mi correspondiente autógrafo. Todos somos ahora más amigos que cochinos y los extras demuestran no sólo ser buenos extras, sino también ser majetes. Y todos así, claro. En fin.

Lección del día: cuando se acaban las pilas de la grabadora, mejor es cambiarlas.

JANA COMO PERSONAJE

"Mi personaje es una ex rockera, una mujer que ha sido muy famosa a principios de los '80, una cantante como pudo ser Alaska, que ahora, aunque no es muy mayor, está de vuelta de todo, y muy quemada del mundo de la música. El único contacto que le queda con ese mundo es el de la droga"

Jana es ese personaje que toda historia necesita y que hace de espejo de la historia, el termómetro de lo que se cuenta, como a veces ocurre en la vida, que dentro del mogollón que supone cualquier cosa, algo o alguien nos hace ver la importancia de lo que está ocurriendo. Eso es Jana, una faceta dura que la cara de Nathalie también tiene pero que, quizá al amparo de esa falta de imaginación de la que nos hablaba Fernando Cayo en esto del reparto de actores en el cine en general, no habíamos visto con propiedad hasta la fecha.

"Yo estoy muy acostumbrada a manejar el lenguaje y el ritmo de comedia. En comedia el ritmo es mucho más rápido, es otra manera de mirar. Aquí, de repente era todo diferente, otro "tempo"... No sé, era un ambiente totalmente distinto, un personaje mucho menos extrovertido, que no muestra lo que siente. En comedia, enseguida, si estás triste se ve que estás triste, y si estás contento, se ve también. En cambio, bueno, esto no es un drama, pero mi personaje es más intimista: se intuye lo que puede estar sintiendo, pero no lo muestra. Eso me resulta muy divertido y muy interesante. Ha sido curioso meterme en la piel de Jana, porque es ver las cosas de otra manera, cuando estás rodando incluso. A mi me ha molado mucho. Es un papel muy bonito. Pequeñito, pero muy bonito. A mí, personalmente, me hacía mucha ilusión hacer un personaje así, de vuelta de todo, porque es muy diferente a cosas que he hecho antes. Y esto me molaba mucho, una mujer tan desencantada de la vida. Normalmente hago personajes más encantados de la vida..." Y se ríe, encantada.

VIDA DE ESTA CHICA

Pues yo empecé bailando danza clásica, ahí con mi moño, y currando como una bestia desde los diez años. Quería ser bailarina o no sé si quería, pero lo que me gustaba era bailar, y lo típico, como para bailar no tenía cuerpo, (al menos de ballet clásico), pues empecé a hacer teatro en el instituto y me moló. Pero fue realmente más tarde, después de pasar un año por Imagen y Sonido, que era la carrera menos despreciable para mí, cuando me presenté a los exámenes de la Escuela Oficial de Arte Dramático de Madrid y a partir de ahí empecé a hacer teatro independiente, actuando en obras. Es que mi idea siempre fue el teatro: el cine me parecía de otra galaxia y la televisión ya ni te cuento. Y de pronto, ¡sorpresa!, me empiezan a llamar para series de televisión, pequeños papeles aquí y allí, y cuando empiezas lo haces todo. Luego hice la primera película y me empezaron a llamar y así al final he hecho más cine que teatro y televisión. Mi trabajo ha sido muy lento. Es que yo, además, hice tres películas de figuración, fíjate si me conozco el camino... Y hasta hoy día.

NATHALIE EN LA BUTACA.

Veo una música, una película llena de fuerza y de emociones. Me llama mucho la atención el realismo, es decir que, cuando he visto reflejado el mundo a través de la película, me parecía todo muy creíble: los conciertos, los personajes... Esto me ha sorprendido mucho, también por el trabajo del director de fotografía, los ambientes. No estaba viendo una historia interpretada con actores interpretando, porque, cuando he ido a conciertos, también los he visto así: he tenido esa sensación de realidad. También hay cosas más de invención, de fantasía, pero no sé, la visión de la ciudad, las luces, todo muy realista, pero con un ambiente, vamos, que tiene un estilo, que no es vulgar (entendiendo por vulgar "lo de siempre"). Algo que te dice que dentro de esa realidad también hay una magia, y un ambiente. A mi me gustan mucho las películas que tienen ambiente.

JANA
¿Sí?

ZALO
(JADEANDO) Vengo de parte de Apolo.

JANA SE QUEDA APOYADA EN EL QUICIO, CON LA MIRADA PERDIDA FRENTE A ZALO. SE HACE UN SILENCIO.

ZALO
(NERVIOSO) Apolo, de Eskombro.

JANA
(INQUISIDORA) ¿Cómo te llamas?

ZALO
(NERVIOSO) Apolo.

JANA
¿Apolo?

ZALO
No... yo Zalo.

JANA SE METE ADENTRO DEJANDO LA PUERTA ABIERTA. ZALO NO SABE MUY BIEN QUÉ HACER.

ZALO
(DE PIE, EN MEDIO DEL SALÓN, AÚN INQUIETO) Bueno, no es para mí. La verdad es que hoy toca un cantante americano que al parecer necesita un par de chutas.

MIENTRAS HABLA, JANA SIGUE CON SUS RECORTABLES, SIN HACERLE CASO.

JANA
(JOCOSA) ¡Ah! Que quieres un poco de heroína...

ZALO
Sí, no sé, como diez talegos.

JANA
(SECA) Pues sírvete ahí... Son dos cucharadas.

SEÑALA UNA MESITA DONDE HAY UN PAR DE BOLSAS LLENAS DE CABALLO AL LADO DE UNA BALANZA. PILLA UNA BOLSITA PEQUEÑA Y ECHA UN PAR DE PEQUEÑAS CUCHARADAS SOBRE UN PAPEL ALBAL. MIRA A JANA, QUE SIGUE CON SU ALBUM DE ESPALDAS. ZALO APROVECHA Y ECHA OTRA CUCHARADA MÁS.

JANA
(SIN MIRARLE) ¡He dicho dos!

ZALO, ASUSTADO, LA QUITA.

ZALO
Vale, vale... ¿Así estará bien entonces?

JANA
(SIN MIRARLE) Depende de lo que quieras que dure el concierto. (POR FIN SE VUELVE) Con esto Steak Thomas no tiene ni para una canción.

ZALO
No sé... Como sólo llevo esto...

Y ENSEÑA LOS DIEZ TALEGOS. JANA SE ACERCA Y SE LE QUEDA MIRANDO, LE QUITA EL BILLETE DE LA MANO Y DEVUELVE LAS DOS CUCHARADAS DE HEROÍNA A LA BOLSA. ABRE UN CAJÓN DE PAPELINAS Y SACA UNA DE GRANDES DIMENSIONES

JANA
Toma, dale esto de mi parte.

Bebe leche...

He aquí nuestra lacra: U-u, u-u, u-u, nena, voy a ser una rock and roll star.

Estamos en España, y corre el año 1999. No lo podemos evitar. Somos como esos del anuncio. "¡Bebe leche! ¡Toma más leche! ¡Crece a lo alto y no a lo ancho!" Pues bien, ya hemos crecido, ¿y ahora qué? No lo podemos evitar. Nos hemos criado con el rock, con los efectos especiales y con el ritmo sincopado de la publicidad. En fin, todo este discurso no es nuevo. Es más bien viejo. Digamos mejor que estamos hasta arriba de escuchar el maldito discurso. Digamos que todo eso es cierto y, por decir lo que ya está dicho, digamos que de aquellos anuncios florece el nihilismo, la desidia, la incapacidad por hacer lo que no se nos deja hacer y otras cuantas premisas más. Ahora viene el: "¿Y ahora qué?" En el anuncio, lúcidamente, te sugieren que te compres un coche. En la vida real, tenemos lo que tenemos: los fenómenos. El fenómeno de la imagen, para empezar, reforzado por el fenómeno de la música. El fenómeno de los festivales, el fenómeno del consumo masivo, el fenómeno de la especialización, el fenómeno de...

Lucía Jiménez, en un descuido, dándole.

Resulta que, si tú andas por ahí diciendo que vas a ser una rock and roll star, todos los que te corean en el concierto repiten tus palabras al tiempo que tú mueves los labios y les pones el micro para jalearles y que sean ellos mismos los que lo canten. Entonces tienes, de repente, a 10.000 tíos y tías ahí, a tus pies (tu ciudad), diciendo uno por uno que van a ser, sí, una rock and roll star. Lo que ocurre es que decir en los '80 eso, que ibas a ser una rock and roll star, era una cosa, y decirlo ahora, cuando Lou Reed es un saco de huesos cada vez que sale al escenario y cuando los mitos en general de la música "de batalla" de entonces son más amigos de tertulias televisivas y prensa del corazón que de la cutredad de los sueños, es bien diferente. Y entonces, ¿qué tienes? Tienes un puñado de jovencitos que, consideraciones sociológicas al margen, no sólo sueñan con bambalinas, sino que son verdaderos expertos en la materia de sus sueños. Es el ciclo de la vida, que decían los de Disney por boca del Rey León. La sonrisa que ahora nos produce el celebérrimo estribillo del que fue Loquillo se produce por algo muy fácil de explicar: la especialización (ésa que, dicen los expertos, se produce en sociedades "avanzadas", hastiadas, diría yo, en busca de nuevas sensaciones aunque sea en los pequeños detalles, pero éste es otro tema).

Dice Chema, que para eso es el dire: "Sí, se está dando una suerte de especialización en el público. Antes existían el pop, el rock, la canción lírica y para de contar y ahora, por ejemplo, sólo dentro del rock, hay muchas tendencias diferentes. La gente está más especializada: hay heavy, hay dance, hip-hop, trip-hop... Lo que pasa es que, de alguna manera, a nivel global, y visto desde fuera, parece que no hay tanto".

La especialización... y la estilización. (Todo eso de que los '90 son los '70 revisados y estilizados, lo cual tampoco es ninguna novedad: los '70 eran los '40 revisados y, digamos, para no ser bestias, que reinterpretados). Los que coreaban en los conciertos de Loquillo eran los *Shacky Carmine*, en sus primeras experiencias músico-religiosas. Los músicos, casi podríamos decir, se han convertido en los '90 (y no tanto en España como en los países a los que España sigue de cerca) en los nuevos "trovadores" de la sociedad, los nuevos sociólogos. Tenemos de todo, en nuestro panorama musical (y no digo nombres, porque se dice el pecado, pero no el pecador). A los utópicos en los resquicios de músicos líricos; a los hedonistas en los popis-poperos más recalcitrantes (y más disfrutones, no vayan a pensar...); a los nihilistas en los rockeros-de-toda-la-vida, los hardcore y otras bestias pardas; a los

Julián Siniestro Total, disfrutando como un enano de su papel de magnate musical.

positivistas (en el sentido cartesiano) en los tecno-boys; a los progresistas de izquierdas en los pop-rock de toda la vida también (esos que te ponen una de caña y otra de balada); a los "verdaderos trovadores", hacedores de versos callejeros (rimas) en los raperos y hip-hoperos en general, y de los que Quevedo, seguramente, habría formado honrosa parte en caso de reencarnación; y luego, por terminar esta sucinta taxonomía, a los petardos en esos que vienen en llamarse "¡Fenómenos!" que son, digamos eufemísticamente, los números 1. Pero todo esto ya lo decía Nietszche: "Sin música, la vida sería un error".

En *Shacky Carmine*, que no vamos a ser menos, Chema se plantea (la verdad, no creo que se lo plantee: estoy ejerciendo de crítica petarda, aunque no me paguen para ello), digo que Chema se lo plantea cuando nos pone en la pantalla a los chicos que podríamos decir marginales de los '90, todos llenos de energía, todos cargados de paro y cutredad, enfrentados a los restos de los '80 que son Jana y Kiko, descreída la una, fantasma sempiterno el otro. Porque los '80 fueron el principio, las bases de lo que ahora presenciamos, al menos aquí, que no es esto Gran Bretaña y no tenemos nuevos Beatles que buscar.

En los ’80 estaba, como ahora en los cortos, el germen de lo que ahora se vive, la manera de hacer y sobre todo de entender la música en España, la que hace que se desarrolle, y que a un tiempo se denigre a sí misma en esa eterna idea que está en la mente de todos de que: “Bah, esto es español: una mierda, vamos”. La que estableció las bases, por decirlo pronto, de quién es quién en esto de la música.

Aparte de otro tema:

Me refiero a que esta representación de los ’80 viene dada por Jana y Kiko (una dealer y un yonqui). Se intuye un discurso de: "Así terminó todo esto de la movida", y ahora estos personajes están en el mundo de los Shacky, que también llegarán a tener una representación en el futuro. Se nos dice: "Los Shacky, este tipo de grupos, son en la actualidad lo que los de la movida eran en los '80". ¿Cómo serán dentro de unos años?

CHEMA DE LA PEÑA: No sé. Yo creo que al final siempre es lo mismo. Pasa como con el cine, o muchas otras movidas. La música es una profesión donde se mezclan emociones (todo el mundo que es músico lo es porque le sale de dentro y porque siente algo). Por otro lado se mezcla el éxito, el “triunfar”, que también está muy relacionado con las emociones, y esa mezcla explosiva hace que salga gente muy extrema, que acabe mal, que se suicide y también otra gente que asuma el éxito y sepa aprovecharlo, qué sé yo, pues para montar una discográfica, o ser productor, o lo que sea. Pero bueno: ése es el cañonazo de lanzamiento, y es algo inevitable. Supongo que de aquí a diez años será lo mismo, y de aquí a veinte, igual de otra manera, pero con una misma base.

NATHALIE: Eso me atrae, que se hable del mundo de la música, que se presente el mundo de la música independiente. Yo creo que prácticamente no se ha hecho ninguna película sobre música. Para mí la música es el arte supremo, porque es lo que tiene el mayor poder de comunicación. Siempre he pensado que es un tema fascinante, ya sea música clásica, ópera, rock o lo que sea. Siempre me parece que tiene muchas posibilidades, siempre te va a interesar. La música le gusta a casi todo el mundo. También me gusta mucho esa idea de cuando tienes 20 años, o cuando eres muy joven, que te apasionas por algo y luchas a muerte por ello y te da igual todo lo que te pongan por delante, de trabas, de mierdas, porque tú vives con ese sueño. A toda la gente que nos dedicamos a lo que nos gusta, nos gusta mucho ese espíritu de los *Shacky* de luchar por algo hasta las últimas consecuencias”.

Pues eso...

MALU
Kiko, te lo repito. ¡Esta es mi banda!

KIKO
Mucho has cambiado tú en un año. Tú no eres la misma, a ti tocar ya no te gusta.

MALU
(SE EXCITA MUCHO) ¿Ah, no? ¿Y qué voy a hacer ahora, eh? Mira, Kiko, ahora vivo de la música, algo que tú no has conseguido todavía.

KIKO
Y esto me lo dice una tía que ha sido guitarra de los *Shacky Carmine*. No me lo puedo creer.

MALU
Los *Shacky* eran otra historia. No tiene nada que ver con esto.

KIKO
Tú eres la que no tiene nada que ver.

Mapi Galán, y a otra cosa, mariposa.

Manolo Kabezabolo

(2nd. Draft)

Andamos en el antiguo Revolver, sede de la emblemática (al menos para estos chicos *de Shacky Carmine*, Eskombro, en la película. Hoy es un "día grande", y raro, sobre todo. Para empezar, la presencia de unos 60 extras, traídos de una casa okupa de Móstoles, alegra el día ya de por sí. Los chicos tienen que hacer una escena que, como calificarían Ska-P, han vivido varias veces en su vida real: una redada. Al grito unánime de "¡¡¡Pitufo, cabrón!!!" cada vez que ven un uniforme, los extras se calientan para el rodaje. (En la peli se verá lo impresionante de esta escena, si se ha captado todo lo que por aquí se ve. La estancia ha sido dividida por paneles que llegan casi hasta el techo, y en una de las tomas reales, con el jaleo que se ha montado y el verismo que todo el mundo ha mostrado, varios miembros del equipo han tenido que coger literalmente uno de los paneles por el otro lado si no querían que se les viniera encima). Por lo demás, los extras son realmente ejemplares. Esperan

Eres tú quien me miras con esos ojos.

como corderitos todas las órdenes tantas horas como haga falta esperar. Se les ha dicho que nada de alcohol y no hay alcohol, se les ha dicho que griten y gritan... En fin, a pedir de boca. De famosetes teníamos ese día a muchos honoríficos: dos miembros de Ska-P, los tres de Undrop y ¡¡¡¡Manolo Kabezabolo!!!! Claro, porque la redada es durante su famoso concierto. Ya he confesado en alguna otra ocasión de este folletito mi debilidad por este chico (junto a la que también muestro por Antonio Vega, cuya música tampoco "me hace", pero cuya presencia me hace quitarme el sombrero). Me encanta. Tengo que hablar con él. Así que aquí viene el Second Draft de mi entrevista a Manolo... ¡y las veces que viniera!

Manolo viste chaqueta motera y botas de cow-boy. En la parte de atrás de la chaqueta, un lema: 50% asco, 50% o-dios.

¡Vaya, Manolo, tú por aquí!

M.K.: Hola, ¿qué hay?

¿Qué haces por aquí?

M.K.: Nada, acabar el papelazo éste que me han dado. Hoy hay un simulacro de actuación. Toco unos acordes y eso, y ya está.

¿Qué tal el ambiente?

M.K.: Bien, una redada: muy creíble.

Hoy hablamos de otras cosas. ¿Sabes, por ejemplo, que hay dos finales posibles para esta peli?

M.K.: No, ¿cómo son?

Uno muy radical y muy negativo, con el prota suicidándose y otro más suave, algo más positivo. ¿Cuál dices tú que sería el más adecuado a la realidad?

M.K.: Hombre, el bestia sería quizá un poco exagerado. Es que, como no los conozco...

¿Pero cómo terminaría la historia de un grupo así, normalmente?

M.K.: Pues supongo que siguiendo como estaban. A lo mejor grabarían algo, y luego ya dependería de ellos seguir o no.

¿Te va pillando, lo del cine, o qué?

M.K.: Sí. Por cierto, que el otro día, que hablamos de lo de mis apariciones en el cine, ahora me han ofrecido hacer otro cortometraje.

¿Sí?

M.K.: Hago de Don Quijote...

¡Anda, Don Quijote!
M.K.: ...de la marcha.
¿De la marcha? Oye, pues das el papel, eh.
M.K.: Claro, por eso me lo ofrecen. De aquí a los Oscar.
(Este chico es ambicioso. Ni por los Goya necesita pasar).
¿Qué tipo de película crees que va a salir de aquí?
M.K.: (Duda) Una película. Yo llevaré a mis amigos.
Hombre, y yo a los míos. Nos han jodido... ¿qué más me cuentas?
M.K.: Pues no sé, que ya ando con mi nuevo disco. El mes que viene empezamos la gira. A ver qué tal se da....
¿No le cansa a un músico el tema de las giras?
M.K.: Pues sí, la verdad es que cansa: llega a cansar. Cuando llevas tres o cuatro semanas tocando cuatro o cinco veces por semana, de la furgoneta al hotel y al escenario, y otra vez a la furgoneta, pues llega un momento en que te hartas, pero, vamos, que algo hay que hacer.
Oye, ¿la vida de un músico es como la vemos en las películas, tipos que viven para la música?
M.K.: Bueno, un poco sí, pero se hace a gusto. Vamos, yo lo hago a gusto.
Gracias de nuevo, Manolo. Tu presencia sigue siendo un bálsamo. Que toda la suerte del mundo te acompañe. (¡Qué le voy a hacer, si tengo mis debilidades...!)

David Omedes, director de fotografía, analizando la situación: ¿cómo sacar la luz de Manolo?

A la batería, **Undrop**
A las guitarras, **Dover**
A la voz, como no, **Ska-P**

"Supongo que por filosofía *Shacky* se entiende un poco lo de vivir el momento: se trata de gente que no tiene nada que perder y mucho que ganar.Por eso vive el momento intensamente, y de una manera salvaje, sin pensárselo dos veces, que es una forma de vida muy bonita, pero efímera". CHEMA *DIXIT*.

Entran en escena Álvaro y Jesús, de Dover. Hacen "bulto", son figuración y dicen:.

"Pues hay una redada en un concierto y, como somos publico, nos pillan y nos meten en un furgón. Nada más. Nos moriríamos de vergüenza, si tuviéramos que decir algo".

Luego dicen que cada grupo tiene su historia y se lo hace a su manera, que ésta puede ser una manera, pero que también hay otras, que Dover no tiene nada que ver con esto, que es otra historia completamente diferente, pero que sí puede haber similitudes, en el sentido de ser un grupo que pasa de tocar en garitos a tocar muchos conciertos y vender discos, sí. Dover, el grupo español que más discos ha vendido hasta la fecha.

A saber lo que gritarían, estos tres...

Luego entran Undrop
Antonio. Bajo y cantante.
Stefan. Batería.
Thomas. Guitarra

Los Undrop no sólo aparecen como cameo en el concierto de Steak Thomas, también tienen un tema en la peli: "A Chema le parecía interesante meter un tema compuesto por nosotros en la película, y fue a vernos y nosotros encantados de poner música en cualquier sitio y en cualquier parte. Le gustaba mucho un tema nuestro que se llama *Gaura Hari*, y nos dijo que quería algo en ese estilo: cañero, pero a la vez con mucha melodía y un poco melancólico". Al final, entró *Gaura Hari*, porque, como todo el mundo sabe, si uno quiere algo que tenga la piel de un lagarto, los ojos como los de un lagarto, la lengua y los dientes como los de un lagarto y que parezca un lagarto, lo mejor es hacerse con un lagarto.

"Lo de salir en la peli fue casi como una broma. Le dijimos a Chema que a ver si tenía algo para nosotros y nos dijo que bueno, que quizás sí que podía meternos por aquí, en algún sitio. Porque es que ya tenemos experiencia, en esto: salimos en *The Doors*, de Oliver Stone. Éramos extras en varias escenas. Y luego robamos un montón de ropa, allí". (Aquí será difícil hacer lo mismo, teniendo en cuenta que hacen de sí mismos). Aparte, los hermanos de Thomas y

Stephan hacen películas underground en Suecia, y en ésas también han salido alguna vez.

Luego dan consejos a los jóvenes aspirantes. Dicen que sería bueno ver la película porque "hay muchos jóvenes que están interesados en este tipo de vida, muchos grupos y en ese sentido sería bueno que supieran qué es lo que pasa realmente, qué supone el estar siempre ahí, en la carretera, estar siempre funcionando de cara al público. Eso no siempre es fácil, mantenerte en esa situación. Es bastante austero, bastante duro. Tienes que ser disciplinado, porque si no lo eres te quemas, pero está bien que los jóvenes vean cómo es".

Después hablamos de cosas serias. He aquí lo que hay que oír, porque es lo que Undrop quiere decir en verdad:

"En todo lo que supone creatividad es importante estar cuerdo. Ser músico supone practicar todos los días, tener años en la espalda dedicado a esto. Se puede caer en la trampa de las drogas, pero entonces la creatividad cae en picado: va a cero. Es que tú fíjate cómo todos los grupos, en sus inicios, son siempre frescos. No sé, cualquier grupo que te diga, Beatles, Rolling Stones, todos tienen en sus inicios una frescura muy especial. Y entonces, ¿qué es lo que pasa luego? Pues, a lo mejor, que ésta es una vida que te somete a mucha presión, y eso siempre pesa. Tienes que aprender a sobrellevarlo. Yo, por lo que puedo experimentar, veo que es muy fácil caer en eso,

Ari, de portada de disc

en el falso ego y tratar de regocijarte con la fama y salirte así de tu posición real. Te creas un mundo que, si se acaba la fama, se acaba también todo ese mundo, ese andamiaje que te has montado, artificial, y todo se desmorona. Es muy difícil mantenerte en tu sitio. Quizá ocurre entonces eso, que muchos grupos buscan apoyo en las drogas para soportar esa presión. En nuestro caso, los tres venimos de otros grupos y llevamos mucho tiempo tocando. Y al final hemos optado por llevar una vida muy sana, porque eso hace que puedas ser muy disciplinado. Luego también que nos vigilamos mutuamente el ego falso. (Risas) Si uno se sube a la parra, los otros dos le dan un cachete. Es muy importante practicar la humildad, en cualquier cosa que hagas, así es que imagínate en esto... Pensar en servir a la gente, y no en que te sirvan a ti y siempre pedir más.

Yo digo, para hacer bulto: "Parece que este tipo de problemas "de parras", y de subidas y bajadas afectan, mayoritariamente, a los actores y los músicos, es decir, a la gente que trabaja con la imagen".

Y ellos me contestan: "Y a los políticos. Mira, te doy un buen ejemplo. Casi todos los gobiernos de este mundo venden tabaco, alcohol, medicinas que no funcionan, comida tóxica, controlan la televisión, la radio, los periódicos... Cuando estás dentro de todo esto es difícil verlo, pero si no tomas drogas, ni nada de esto, si estás como "fuera", es muy fácil verlo, ver la hipocresía, todo ese discurso de antidroga y demás, y luego van y te venden tabaco, que es la droga que más mata, venden alcohol, que destruye a la gente, medicamentos farmacéuticos que no sirven. Son sistemas muy complicados, y difíciles de detectar.

Yo vuelvo a decir: "Madre mía, y pensando así como pensáis, ¡en vaya mundo os habéis metido! ¡Y en vaya película!"

Y ellos: "Pero creo que el mensaje de la película al fin es positivo. Muestra cómo este tipo de vida te degrada y te frustra, al final".

Yo desengraso: "¿Y lo del monopatín?"

Y ellos se prestan:

"Bueno, Stefan fue campeón de Europa de free-style en el '89".

Y Stephan se emociona:

"Y también mucho tiempo antes, fuera de Europa. ¡Había gente de Marruecos, de la India!"

Y Antonio, modestamente:

"Como en el vídeo de Train, en el que hay una exhibición impresionante. Hasta yo salgo montando en monopatín. (Se ríe) Pero lo mío es que, para nada..."

A cantar.

Hay que decir, antes de nada, que el público del concierto de los King Tortues, aquel grupo en el que Rodol termina trabajando y que tiene un pavoroso éxito era, en realidad, el público de Ska-P: "Estábamos preparando el Palacio de Deportes cuando Chema llamó para decir que quería filmar unas imágenes del concierto que íbamos a hacer el 12 de diciembre (del 98), y nos lo comentaron en la compañía. Vino allí Chema a vernos y nos dijo que si podían grabar unas imágenes de toda la gente para una secuencia de la película. Bueno, nosotros le dijimos que por nosotros no había problemas, más tratándose de un director novel, que todos sabemos los problemas que tiene la gente nueva para salir y dijimos: "Bueno, le hace falta, así es que no nos vamos a negar a esta historia, porque es buena para la película", así es que le dijimos que sin problemas y entonces nos dijo que a ver si queríamos participar en la película. Nosotros, la verdad, en un principio es que ni te crees que vas a participar en una película.

Habría unas 9.000 personas o por ahí. La primera vez salieron entre el grupo *Canallas*, que abrieron el concierto, y *Boikot*, y esa primera vez la gente muy bien con ellos, porque pensaban que era *Boikot*, y la gente muy bien, animando y tal, y luego lo volvieron a hacer otra vez después de *Boikot*, antes de salir nosotros, y la gente se lo tomó

Ari, también, "cayendo" de un improvisado furgón de policía.

un poco de otra manera. En fin. Luego estuve hablando con Chema y me dijo que la primera vez estuvo de puta madre. Bueno, la gente se hizo un poco un lío.

Lo que hemos hecho es nuestra vida normal y corriente: un concierto, una movida, una redada y a hostias con la policía.... No ha sido muy difícil. (*Risas*) Esto, lo de las redadas y las hostias a lo Bud Spencer te pasa en muchos momentos. Lo que ya sí que no pasa es tener, no sé si decirlo, la "suerte" (ponlo entre comillas) de acertar con una botella en un madero. Pero vamos, que sí, que esto te suele pasar cuando vas a un concierto en el que hay problemas a nivel de que hay gente pasando droga, o de que el concierto se pasa de las horas, o todo esto de que pillas a un cabrón y te manda a la policía. Por eso te decimos que no hemos hecho nada que no solamos hacer. Es parte de toda la farándula, pero la farándula en general, a nivel de conciertos o de lo que sea: siempre suele haber algún tipo de represión así, y en este caso nos ha tocado esta escena, y nosotros, de puta madre.

PULPUR: Yo lo que he visto es que el ambiente que había hoy aquí es muy real.

PACO: Sí, eso está claro. Pero el guión yo creo que está bien, porque no se basa en un grupo que se deshace y punto. Se basa en un grupo que se deshace, pero luego la compañía, la supuesta multinacional se lucra de las canciones que ha hecho ese grupo: cuando el grupo se deshace pone a otras personas en el puesto del grupo y, claro, hay un grupo que toca con un nombre que no es el suyo, porque no son esas personas. Y eso se sale un poco de lo que son todos los guiones, todas las movidas referentes al mundo de la música. Aunque también es cierto que las multinacionales han cambiado mucho.

PULPUR: Sí, pero te puedes encontrar de todo, porque es que estamos hablando de que tú coges las canciones de un grupo y que, como éste se ha deshecho, pones otros personajes. Nadie en el mundo (en el caso de *Shacky Carmine*) conoce a los verdaderos músicos, porque se grabó el disco sin que hubieran tocado mucho y resulta que la gente, en ese momento, escucha *Shacky Carmine*, y como nadie sabía muy bien quiénes eran los auténticos *Shacky Carmine*, se supone que puede funcionar, pero ahí están los antiguos componentes de *Shacky Carmine* para no dejar que funcione una historia que no es real, que nadie se lo va a creer porque no son ellos los que han compuesto esas canciones. Pero es muy difícil que pase una historia de ésas, porque se le puede meter mucha caña a una compañía si hace eso con un grupo, habiendo firmado un contrato y eso, claro, que de todo hay en este puto mundo.

-Y en cuanto a todo lo que es el mundo satélite al propiamente musical, ¿es real?

PACO: ¿El tema de la droga y demás? Sí, es real, lo que pasa es que en una película a lo mejor se trata también de exagerar un poco y es muy difícil reflejar realmente lo que es eso. Lo que es eso realmente, si hablamos de droga, es muchísimo más real de lo que pueda expresar cualquier película, no sólo *Shacky Carmine*, sino cualquier película. El tema de la droga, de la heroína, como en esta película por ejemplo, es demasiado crudo como para poder reflejarlo en una película tan real como la vida misma. Yo creo que ni Shacky Carmine ni ninguna película va a reflejar nunca lo que es, lo que supone ponerse un pico o estar enganchado a la heroína.

PULPUR: Lo que sufre un yonqui... Pero bueno, que lo que hemos visto hasta el momento está bastante bien, es bastante real. Claro que de lo que se trata es de reflejar toda esa movida, pero cada uno a su manera. Lo que pasa es que es lo mismo que reflejar la muerte. Nunca puede ser tan increíble como ver la muerte de verdad. Ves un documental en el que están pegándole a un tipo que está en el suelo un tiro y lo estás viendo de verdad y eso sí que realmente te impresiona y se te pone la piel de gallina. Sin embargo, lo ves en una película y no logran que te impacte de esa manera. Y el tema de la droga es demasiado complejo como para poder reflejarlo en una peli.

PACO: Pero es que el tema de la droga no es por el mundo de la música. Es el mundo de los negocios. La música es un negocio, por desgracia. La música es un negocio, la banca es un negocio, el comercio es un negocio y toda esa gente funciona con drogas, lo que pasa es que no está reflejado de la misma manera. Vamos, que te cansas de ver a ex ministros y a diplomáticos y las movidas que tiran de ellas.

PULPUR: Por lo menos, en el mundo del rock y de la música no se es hipócrita. Se sabe que se utiliza la droga y se admite, pero luego hay gente que se dedica a hacer partidos en contra de la droga y se ponen hasta el culo. Eso es mucho peor, la hipocresía en este campo.

-La vida que se montan los Shacky Carmine, al llegar a Madrid, o para salir de Salamanca. ¿eso se ve así?

PACO: Pues sí, sí que lo es, porque es que te tienes que buscar la vida. Nosotros te podemos hablar por nuestra experiencia, y somos gente que ha estado trabajando toda la vida y buscándose la vida para comprar un instrumento, para poder pagar un local todos los meses para ensayar... Es que eso es así, y si en tu pueblo no lo puedes tener porque tienes unas limitaciones, pues te vas a la ciudad y te buscas la vida y te pones a currar. ¿De qué? Pues a pegar carteles, como Zalo. Es así: te tienes que buscar la vida. ¿Y que el pegar carteles te supone tener cuatro duros para poder pagarte tu localcito y comprarte cuatro cuerdas para poder cambiárselas a la guitarra? Pues ése es el rollo. Lo que pasa es que, cuando estás ahí arriba, cuando ya has funcionado realmente, la gente no sabe por dónde has pasado. Es muy difícil que te digan: "Mira, esto es así. Toma, móntate un grupo, haz un disco y a funcionar". Es muy difícil, y en el caso de ellos, que son de Salamanca, mucho más, porque no estás ni en Madrid ni en Barcelona: estás en Salamanca.

PULPUR: Yo estoy deseando ver la película, más que nada por verme ahí. Después de estar 15 años en la obra trabajando, meterte en el mundo de la música y ahora poder hacer esto, pues mira, será una gilipollez, porque tampoco sé yo lo que pueden durar estas tomas, pero, joder, a mí me hace ilusión.

PACO: Sí, a mí también, la verdad. Porque lo único que conoces del cine es lo de pagar para ir a verlo. Yo creo que cualquier película es necesaria, en España, claro. Si se hace en España con gente de aquí, directores españoles nuevos que acaban de salir y que están luchando por ello, yo creo que siempre es momento para hacer una película.

PULPUR: Bueno, aparte de que el cine español últimamente tiene un nivel acojonante. Las últimas películas, desde hace unos años, tienen un nivel muy fuerte, y eso es de agradecer, porque se consigue que la gente vaya más al cine, a ver películas españolas, y bueno, además, yo creo que este tipo de película es algo innovador, porque es que luego

ves películas que se han rodado aquí de grupos de gente joven, de movidas de chavales en discotecas y tal y hay algunas cosas que dejan un poco que desear, más si estás metido en la movida y dices: "Joder, es que esto no es así, como está reflejado en esta película".

PACO: Claro, esa imagen típica de pasarse un porro, que es que parece que se están metiendo un pico de heroína. Ese rollo de (Imposta): "Venga, tronco, colega", ese macarra falso, ¿no? Pues no es ése el rollo que hay ahora. No sé, tú puede decir, como yo digo ahora lo de "no es ése el rollo", pero no dices (Vuelve a impostar): "No es ése el rollo, coleguita", ¿sabes? Que no es eso, es un poquito más creíble.

PULPUR: Vamos, eso Chema lo está haciendo muy bien. Y yo estoy loco por ver la película. Me quito el sombrero, con Chema, porque no es fácil dirigir a muchísima gente, como esto. Es un poco complicado.

PEQUEÑAS RECOMENDACIONES PARA NOVELES Y ASPIRANTES (BIO INCLUIDA)

PACO: Que tengan más paciencia que el copón, porque esto va para largo, y no es algo que te lo den hecho.

PULPUR: Bueno, Ska-P, en los dos últimos años hemos pegado un subidón increíble en ventas de discos y conciertos y tal. Vale. Lo que la gente no sabe es lo que llevamos. Yo, mi primera guitarra me la compré con 15 años, y ahora tengo 28. Vamos, que llevamos muchos años dando caña. Lo más importante es no hacer teatro en la música: hacer lo que te gusta, sentirlo y al salir a un escenario que la gente vea que es de verdad, que no es teatro. Si te lo crees tú vas a hacer que los demás se lo crean y si no, no. No hacer pasteladas que te pidan las multinacionales o cosas del tipo que resulta que ahora están buscando un grupo de este estilo y entonces ponerte a hacer ese estilo para que te fichen. Eso no. Hacer lo que te gusta, lo que tú crees, que ya llegará el momento. Si es que lo más importante en la música es sentirte bien contigo mismo. Si tú estás haciendo lo que te gusta, aunque no tengas fama ni dinero...

PACO: Como en esta peli: si ellos no son los *Shacky Carmine*, no van a funcionar. Ese es el tema.

PULPUR: Se sale un poco de lo normal, y eso ayuda. Además, que con estos temas pasa que la gente es muy morbosa y le va a gustar, seguro, lo de conocer un poco la intimidad del mundo del rock, de las drogas, todo eso. Seguro que les va a gustar.

PACO. Está demostrado que no hace falta que una peli sea una superproducción para que funcione. La prueba está en películas como *Torrente* o alguna de ese estilo, que no son superproducciones pero funcionan porque le llegan a la gente, y de eso se trata. Pero volviendo a lo de la música. En el mundo de la música, por desgracia, es bastante común adoptar posturas antes de hacer realmente nada que merezca la pena: a lo mejor eso nos ha pasado a todos, al principio. Cuando llevas un tiempo con un instrumento que te has comprado en casa y crees que sabes tocar un poco formas un grupo, compones cuatro temas y ya crees que eres la hostia, ¿no? Lo que pasa es que esa especie de humos se te suelen bajar cuando te empiezan a dar hostias: cuando llegas a un sitio a tocar y te pagan cuatro duros, y han ido tus colegas a verte y resulta que el dinero que te han pagado es el dinero que han dejado tus amigos, que, bueno, para eso prefieres llevártelos al local y beberte los litros juntos, o que no cobras en un sitio o que tocas en un sitio encima pagando... Ahí se te bajan todos los humos, porque dices: "Bueno, aquí lo que hay que hacer es currar, buscarme la vida y que funcione mi historia, ¿no?". O sea, que sí, se te puede subir un poco pero, no sé, en el caso de *Shacky Carmine*, por lo menos por lo que se ve en el guión, sí que van un poco con ese rollo de "o la música o nada", o triunfar en la música o nada, y yo, particularmente, y siempre lo he dicho, creo que con esa actitud no se puede ir a ningún sitio. Está claro que estamos hablando de una película, pero en la vida real también ocurre y creo que no se va a ningún sitio así.

PULPUR: Es que, claro: "Triunfar en la música"... ¿Y qué es triunfar en la música? ¿Vender muchos discos y hacer muchos conciertos y ser famoso? Para mí no. Para mí triunfar en la música significa hacer una canción y al acabar de tocarla en el local mirarnos todos y decir: "Jo-der, cómo mola esto que hemos hecho", y salir al escenario y que le mole a la gente, pero, claro: depende lo que tú consideres que es triunfar en el mundo de la música. A lo mejor, aunque haya habido 10.000 personas, no te ha llenado el concierto, ¿no?, porque no lo has hecho bien o lo que sea.
PACO: Pero bueno, el tema de que ellos se lo tomen así también puede ser la euforia de decir: "Es que he salido de mi pueblo y estoy en un sitio donde puedo funcionar", porque yo entiendo que salir de un pueblo pequeñito y venir a una ciudad donde ves que todo son garitos donde se puede tocar y que hay mogollón de grupos y te vas a un local de ensayo y compartir los locales con mogollón de gente... Ahí se crea un ambiente en el que dices: "Aquí, tengo que funcionar", pero, ¡hostias!, eso es lo que pasa en la película, que llevan ese rollo hasta que tratan de funcionar un poco, ¿no? Y eso te pasa también en la vida real, y se te bajan los humos y entonces ya dices: "O toco porque me mola o le dan por culo a esto" y cuando tocas porque te mola, resulta que a lo mejor funciona. Nosotros podemos hablar de nuestro caso, que cuando menos nos imaginábamos que iba a funcionar, más con las letras que tienes y la caña que están metiendo, resulta que es cuando vamos y funcionamos y eso es de puta madre. Vamos, si funciona con lo que se quiere hacer. Y si no, pues nada: a currar, porque es que claro, tienes que buscarte la vida, tienes que comer, tienes que vestir, tienes que coger el metro, el autobús y tienes que dejar dinero en casa. Dar un tirón es una gilipollez y meterse en el mundo de la droga como algunos personajes de la película también es una gilipollez, y, bueno, todos hemos pasado por momentos malos y es raro que te dé por hacer una tontuna de ésas que te pueda llevar a acabar con tu vida, sobre todo si te quieres algo.
¡¡¡ Qué bonito final, para una película, y para una entrevista!!!
PULPUR: Sí, venga, vámonos todos a llorar juntos...

En la cárcel con el comisario Veneno

¡Qué frío hace en la cárcel, coño! Aquí los aires se multiplican y se escapan por las celdas vacías, persiguiéndose. En medio del juego que montan las corrientes, queda el vacío de las estancias enormes, los techos interminables, las redes de trapecista en cada piso, los pasillos corridos y las ventanillas en las puertas de las celdas... ¡Boom! Esto es la cárcel. Hoy, si no eres miembro del "equipo fundamental" (dirección, cámara y fotografía, producción, vestuario, etc.), da la impresión de que no hay rodaje. Sólo una especie de interminable excursión colegial sin enseñanza concreta (mejor será que no nos expliquen las máquinas que pueda haber por aquí). Todos dando vueltas en espiral por las alas (la 5, básicamente, y la 7, que da más morbo, porque aquí estaban los "peligrosos"). Como todos tenemos bien presente la iconografía del "Enemigo Público número 1", nos hacemos innumerables fotos en diversas posiciones, perseguidos por las corrientes primero y por la paranoia que cierto funcionario de la prisión nos ha metido de que las enormes rejas se cierran a las 20.30 y no se abren hasta la mañana siguiente a las 8.00. Yo, por mi parte, voy acojonada, como es de esperar en alguien de mi talante, y corro descontrolada cada vez que oigo sonidos sospechosos de hermético final. Así que, si fuera hace frío, aquí hace doble.

La cárcel... Hay una estancia en el centro, una sala circular con una especie de pequeño edificio en el centro. Arriba de este edificio, toda la superficie es plana y desde ahí arriba se controlan todos los flancos, presumiblemente un lugar para los guardianes. En la superficie, cosa rara donde las haya, hay ¡jardineras! con arbolitos de navidad sin maquear. La bóveda de esta sala, nos informa nuestro guía-funcionario, es la más alta de Madrid. Hay eco y unos frescos enormes en las paredes que, sigue informando nuestro guía, pintaron los mismos presos. De la sala salen las alas 5 y 7 en las que nos movemos, y entrando por los bajos de la pequeña edificación en el centro se llega a la cocina, al acceso a las celdas de castigo y al lugar donde en otro momento estuvo instalado el vil garrote vil. (¡!) Por ahora, yo me entretengo con el eco, con las fotos desde arriba (de las cuales, ninguna ha salido, pero tampoco es de extrañar...) y de repente me veo sola ahí arriba. No, no del todo sola. Me acompañan las corrientes, y un silencio inusitado que retumba en las paredes de la bóveda más alta de Madrid. Oigo a lo lejos mil voces que son una: "Todo lo que piensas, lo que te imaginas", dicen. Cielos, qué hacer. Si encima de todo lo que pienso y me imagino vienen las mil voces que son una y me lo dicen, ¿cómo quiere alguien que mi talante no sea así, como es, un alma de cántaro? Así que, lentamente, por si las mil voces que son una me escucharan, voy batiéndome en retirada, a la búsqueda de cualquier alma caritativa que aguante mis gritos. "...de frío, de abandono", oigo. Pero como servidora ha visto muchas pelis, me armo de valor y digo algo así como un tembloroso "¿E-e-eh, qui-qui-qui-én e-e-e-s?" y entonces las mil voces que son una se rebotan en la bóveda que es la más alta y todo ese rollo y me devuelve las mil voces que son una que es la mía. Un minuto de paralización total y absoluta, antes de echar a correr desaforada. Bajar las escaleras tropezándome, oír mil pasos que son uno que son los míos y correr en cualquier dirección que no sea la 5 y la 7, sobre todo la 7 y no ver a nadie a los lejos.

La paranoia y el cagarme en mí por mi manía acérrima al reloj, porque seguro que son las 20.31 y me han cerrado, y aquí me he quedado y... "Es un mal rollo de la hostia, un mal rollo del copón", mil voces que son ahora sólo 500 y que, tranqui, Mona, que los fantasmas no dicen copón, y pasos que no son ni 500 ni siquiera 300 ni siquiera 256. Son sólo unos pasos, y dos figuras a lo lejos, y tranqui,

Mona, que sólo te persigue el eco y ahí hay dos personas que no son mil ni nada. Y paro y me rehago y voy andando y me compro una sonrisa al pasar por delante de los vis a vis y... Martín Costa (del making off) caminando y charlando con su compa Momchill, un tipo muy grande y muy simpático siempre con la cámara en ristre, siguiendo a Martín, muy pequeñito y gracioso a su lado. Oigo a Martín decir que la sensación de la cárcel se le agarra al estómago (¡joder, en mi piel te hubiera querido ver hace unos instantes!, aunque por otro lado me alegro de no ser la única alma asustadiza del lugar), así que así, como quien no quiere la cosa, como haciéndome la encontradiza, saco mi grabadora y hago como que estoy por aquí recogiendo impresiones grabadas de la cárcel, apunto incluso que puede ser interesante para el *National Geographic* saber si en Carabanchel hay psicofonías. La cara de mis interlocutores... Bueno, no tienen comentarios. Yo no me separo de ellos, sobre todo de Momchill, que seguro que me puede proteger de los malos espíritus. Habré hecho el ridículo, vale, pero al menos me he librado de la quinta dimensión y sus divertidos habitantes y además, qué coño. Estoy acostumbrada a quedar en evidencia. Por lo demás, creo que habrá que hacer algo, con esta alma de cántaro mía...

Todos nos hemos sentido inspirados por todo este rollo patibulario, a pesar del frío (¿pero por qué coño hemos tenido la bendita desgracia de rodar las noches más frías del puto invierno?). Pues aquí estamos todos, ya un poco descansando de tanta foto agresiva, mirando cómo preparan la lluvia artificial que ha de caerles en el coche a Andrés/Rodol, Rebeca/Malú y Fernando/Apolo (secuencia que sigue al robo de la gasolinera que Apolo ha llevado a cabo él solito, por cuenta propia). Una de esas grandes dudas sobre el cine queda resuelta, al ver esta escena. ¿Y cuando llueve a mares, dónde se pone la cámara para no mojarse? La respuesta es sencilla: es que no llueve a mares. La escena que vemos ocurre en el interior del coche. Conduce Rodol. Malú va detrás, sedada. Apolo acaba de robar la gasolinera, y se supone que van por una carretera de segunda. Llueve, como digo, a mares. Pues bien, la realidad es: estamos en el patio de la cárcel; el coche está más que parado. Dos chicos de producción lo hacen bambalearse a ambos lados, por la parte de atrás; la cámara está apostada frente al capó del coche y la lluvia es una cortina de agua que se tira desde arriba, con un extraño mecanismo de irrigación que le da la intensidad que uno desea. El combo está lejos y todos nos ponemos a salvo como a 50 metros de toda la movida, porque que te caiga una sola gota de agua con este frío supondría la congelación *in situ*. Con esto del frío, todo hay que decirlo, se ha establecido como norma general el no mirarse, si no es para pedir fuego cada cierto tiempo. Uno da botecitos, se frota las manos, y mira. Luego se mueve como un cimborrio, como puede, hasta el combo, y sigue mirando.

-¡Vaya trabajito, éste del cine...! –oigo a mi lado.

Yo, por seguir con las normas, ni miro. Me limito a asentir.

-Mmh...

-¡Con este frío...!

-Mmh...

–No es nada nuevo. El cine es más duro que la música. En la música no se pasa tanto frío, ni se trabajan tantas horas. Todo resulta más cómodo y fácil, aunque a veces tengas que repetir diez veces una canción -concluye, y luego añade-: Brrrrrrr...

Es evidente que tengo que mirar. ¿Quién coño puede tener preparado por aquí un discurso como éste? Miro, pero sólo a medias. Quien me habla lleva gorro y bufanda, y no es precisamente fácil de reconocer.

-¿Y tú quién eres? –inquiero.

-Yo soy el Comisario Veneno.

"Para servirle", le ha faltado añadir.

-¿Y cómo se come eso? –prosigo.

-Pues que con el frío éste que hace se me está poniendo cara de comisario, y... ¡Qué quieres que te diga!... ¡Al final ya incluso le estoy empezando a coger gusto al "cuerpo"!

¡Joder, pero si es Kiko Veneno! ¡Claro, le tocaba hoy venir, de comisario! (lo de Veneno se lo ha puesto él) ¡Y yo aquí preguntando! ¿Dónde coño habré puesto la grabadora? Y sobre todo, a ver quién es el guapo que se mueve medio centímetro para buscar nada. Disimulo, hago como que yo miro y punto. Luego pienso que es ridículo, porque en realidad yo sólo miro y punto. ¿Le hago preguntas? ¿Le digo que esto es una entrevista, aunque él todavía no se haya enterado? ¿Le sonsaco? ¿Acaso me creo un agente del KGB? Tranquila, Mona. Ante todo, calma. Sigue hablando, Mona, sigue.

-Pues vaya un gusto, para coger.... –digo yo.

Manolo Caro, como premonición de su futuro en la peli.

La masa de lana que supone Kiko a mi lado abrigado hasta las cejas vuelve ligeramente la cabeza, en un movimiento lento. Estoy segura de que las cejas abrigadas también están ahora arqueadas, pensando: "¿Será subnormal....?" Pero no dice nada. Vuelve la vista al frente, seguro que buscando una compañía mejor para este frío lunar. A mí, sin embargo, no se me puede escapar, como se comprenderá. Así es que, azorada, sigo:

-¿Te gusta, esto de ser actor?

-Bueno... nunca he sido actor. Nunca había estado en una película. La verdad: no creo que tenga muchas cualidades para esto, pero me gusta mucho.

-¿Y te parece un buen tema, para una película, éste de la música?

-Claro, mujer. De hecho, yo siempre he pensado que si alguna vez escribía un guión para cine, la idea giraría alrededor de un grupo de música. Vamos, tendría que darle un argumento guapo, seguramente centrado en grupos antiguos, de los primeros años de los '70, los grupos hippies de Sevilla de principios de los '70 y finales de los '60.... Lo que pasa es que yo tampoco conozco muy bien el rollo musical de ahora mismo, al nivel de un grupo que empieza, porque yo tengo otro status, ya. Cuando empecé, desde luego, vivía más cerca del mundo de los grupos, de los ensayos en Sevilla. Pero no creo que lo haga, porque no creo que tenga ni talento ni paciencia para ello, pero sí alguna vez que se me ocurrió.

¡Sigue, Mona, que no se está dando cuenta! ¡No, ahora no, que es muy sospechoso! ¿Qué hacer, Dios mío? De repente, pasa algo proverbial. Ignacio Carreño, nuestro especialista, está ante nosotros, aleccionando a unos cuantos falsos policías sobre cómo se da con la porra sin dar. El también lo está mirando, como yo... ¡Es la mía!

-Bueno, cuánta violencia, ¿no?, se ve por aquí. ¡Y cuánta droga! ¿Esto es muy normal, en la música?

-No, bueno, yo, por lo que viví entonces y por lo que sigo viviendo, el rollo de las drogas sí, pero lo de la violencia, eso no es muy normal, en el mundo de la música. Al menos en el que yo he conocido. Pero, vamos, que también he conocido otros grupos que sí. Había un grupo en Sevilla que, antes de salir a actuar, se peleaban y se daban ahí unas buenas palizas unos a otros, para calentarse antes de salir al escenario. Pero yo, eso, nunca lo he vivido, desde luego. Y lo de las drogas no creo que esté más arraigado en la música que en otro tipo de mundos. ¿Sabes qué pasa, también? Que el mundo de la música es espectacular, la gente es conocida y, si hay alguien conocido que toma drogas, la gente lo sabe, pero no es necesario que el asunto de las drogas esté relacionado con los músicos, ni mucho menos. Está relacionado con la sociedad, con los grupos generacionales...

¿Y ahora...? Bueno, mira: de perdidos al río...

-Va a estar bien, la peli, ¿verdad?

-Bueno, en el cine español siempre ha habido mucho talento, hasta en la época difícil de la postguerra lo había, así que tengo que esperar, razonablemente, que la película sea buena... Pero, ¿a qué vienen tantas preguntas? Aquí el comisario soy yo, y soy yo quien hace las preguntas.

-No, verá, es que yo...

-No, es que yo ni pollas. Tú quién eres, que tanto me preguntas.

-No, si yo lo que hago es un libro sobre la p...

-¿Un libro?

-Sí, verá...

-¡¡¡¡¡Kikoooooooooo!!!!!!

Llaman a Kiko para que se prepare a entrar en escena. Se va, pero antes me mira desafiante. Sé que me está diciendo que aquí no se acaba esto, y que aún no ha dicho su última palabra, y que ya nos ajustaremos las cuentas. Su dedo índice aún me apunta cuando ya se está dando las vueltas.

"Pues sí que le ha pillado gusto al "cuerpo", sí", pienso yo, aún acojonada. Decididamente, tengo que huir antes de que termine su toma. ¡Darme prisa debo! Así es que, si antes estaba dentro, y ahora en el patio, me voy aún más afuera, donde se rueda la escena en que Malú, que es Rebeca, espera que Kiko, que es Manolo, salga de la cárcel después de un año, desenganchada ella y... bueno, prácticamente igual, él.

(Tiempo para la reflexión) Yo encuentro la historia de Malú y Kiko una de las más interesantes de la peli. Después de todo, de todos ellos, es Malú la que ha visto su vida más truncada y la escena en que Malú le espera define a la perfección al resto de los personajes. Viene a decirnos que la vida que viven estos chicos es de verdad, no era una fiebre de juventud. Malú apuesta por su historia, aunque esa historia la llevara casi hasta perderse a sí misma. Y, al año, vuelve. (Se acabó el tiempo para la reflexión).

Ya llevamos unas cuantas horas en este ambiente patibulario que tan bien nos ha acogido (sobre todo a algunos), los extras subiendo y bajando escaleras mientras ensayan. A lo lejos, gentecillas del equipo, haciendo también de extras y el comisario Veneno, en primer plano (concentrado en su papel: no me ve), cogiéndole "gusto" al cuerpo. La gentecilla del equipo anda bastante convulsa, porque hoy acaba el rodaje propiamente dicho en Madrid. El lunes, todos volando para Salamanca, lo cual siempre es, al menos, algo emocionante. Se hace la toma sobre las 5 de la madrugada y, bueno, se acabó. Así que todos aplaudimos a Kiko, o al equipo, o no sé, el caso es que, en general, todos aplaudimos y Chema grita: "¡Máquina, Rocky!", y, la verdad, nadie da puñetazos en el aire, pero con débiles voces respondemos: "máquina!". Yo no hago siquiera el amago de despedirme de estas paredes, no vaya a ser que me engullan y, viendo que Kiko anda hablando con gentes variadas y que todos se ríen mucho, aprovecho y paso por atrás. Aún así, mi deber de investigación me implusa a darle al rec a mi grabadora, que capta esto: "Y va y me suelta mi hijo: "Oye, papá, ¿tú por qué no tienes un coche como el de Batman, tan grande y tan bonito? Y hay que joderse, ya ves". Todos los contertulios se ríen. A mi también me gustaría reírme, la verdad, pero he arruinado mi oportunidad.

Demasiadas emociones para mi, esto de la cárcel.

¡Viva la segunda movida!
(Kike Sierra dixit)

Creo que todo lo que dirá en la película será: "Ve a ver dónde está Malú". El tema, claro, es que quien lo dice es Kike Sierra, que a quien se lo dice es a Antonio Vega, y que, nada más dicho esto, coge una guitarra en ristre y se dispone a encarnar uno de los más penosos finales que un músico puede tener, al menos desde el punto de vista de músicos como son *Shacky Carmine* (no en vano, Kiko se lo dice a Malú fuera del bar: "¿Y esto me lo dice una tía que ha sido guitarra de los *Shacky*?"). Kike Sierra, ex miembro de los carismáticos Radio Futura, uno de los grupos más sembrados de la movida de los '80, fue uno de los infinitos cameos que tuvo este rodaje. Pero Kike, de todas formas, no es nuevo en esto del cine.

El otro joven cineasta apasionado por el rock de nuestro país, Alex Calvo-Sotelo (de la *última Se buscan fulmontis*, en la que también aparece Kike) le había utilizado ya en su *corto El amanecer del pezuñas (Igual caen dos)*, un delirio en plano secuencia que suponía un homenaje a todos sus seres más admirados del mundo del espectáculo patrio. Por allí estaban también Raimundo y su Gerundina, Josele de Los Enemigos, Rosa María Sardá... No sé: la tira. Ina Lüders le utilizó en *La muerte de Filomeno*, también corto. Kike era el destinatario, en principio, del papel de Steak Thomas, que luego pasó a interpretar Manolo Kabezabolo. Y aquí anda, ahora, charlando de música.

-¡Una peli sobre la movida musical, vuestra movida!

KS.: Sí, aquí ando. La verdad: de momento me extraña que a alguien se le haya ocurrido hacer esto y luego me ha gustado, porque el tratamiento que tiene el guión no es desde fuera, viendo lo que puede ser la movida del rock'n'roll en un grupo, sino que se ve desde dentro, lo que es la interacción entre los miembros del grupo, el por qué hacen las cosas que hacen, por qué no las hacen, en qué jaleos se meten para conseguir ciertas cosas... A mí me parece muy bien planteado, el guión.

-Entonces, lo que aquí se refleja es real.

KS.: Sí, bueno, ésa es una de las realidades que hay en este mundo, en el musical. Hay muchas más, pero sí, ésa es una. Yo he conocido grupos similares, digamos.

-¿Es necesaria una película así, en este momento de la música?

KS.: A mi me parece muy interesante una película así en este momento, porque el momento cultural que está viviendo España es bastante mediocre, en general, no sólo hablo de música. Se ve en todo, en todas las artes, pero especialmente en la música, se está dando un paso muy atrás. Se había intentado con mucho esfuerzo crear una estructura de rock'n'roll y llegar a todas las ciudades, a todos los pueblos, con mínimas condiciones, para que el público se llevase una buena impresión de lo que es un grupo español tocando, con buen sonido, buenas luces, buenas canciones..., y ahora todo ha dado marcha atrás.

-¡Qué me dices!, ¿y por qué?

KS.. Porque políticamente no interesa el rock'n'roll, porque según parece, el rock'n'roll todavía sigue siendo marginal y económicamente las industrias multinacionales están dirigidas a otros medios, a gente como Alejandro Sanz y demás, que imagino que serán buenos músicos, pero desde luego no están haciendo rock'n'roll. El caso es que se gana más con ellos. La multinacional no hace absolutamente nada, excepto de vez en cuando pillar lo que la independiente ya ha sacado. Sacar un disco bueno independiente te permite sacar de tu cabeza las canciones, pero desde luego, no vivir de ello, porque hay poca distribución, poca tirada y no se puede vivir de ello.

-Mediocre, dices, y, sin embargo...
KS.: Sí, hay muchos más grupos que antes.
-Sí...
KS.: Y los músicos están más preparados y tocan mejor.
-Eso.
KS. Y hay mejores estudios, y mejores equipos.
-Me lees el pensamiento... ¿Entonces?
KS.: Pues que no hay un ímpetu como para conseguir hacer un poco de música especial, personal. Hay cantantes que cantan muy bien, sí, pero en inglés. y, claro, el paso a cantar en español, eso es algo diferente: la fonética es distinta. Ves que los chavales están aprendiendo a cantar en inglés. Me parece bien, porque da salida de los grupos españoles, y hace que el poder salir a un mercado internacional todavía signifique algo, pero es más mimetismo que originalidad. No es lo mismo crear un poco de música que oírla de otro y que tú te tengas que imaginar lo que tiene que significar hacerla.
-Parece, a veces, que sólo nos quedamos con lo conocido, con lo que ya sabemos positivamente que da resultado...
KS.: Claro, ése es el tema. Pero es que tú vas a ver un grupo extranjero que no sale en ninguna radiofórmula (o sea, que no existe) y que no sabes dónde se radia, porque es que tampoco hay radios en España, la única que puedes escuchar de vez en cuando es Radio 3, pero te encuentras con ese grupo al que no conoce nadie y hay allí 500.000 personas que corean las canciones. Eso significa que hay un público interesado. Claro, que es un público interesado que no se ve en ningún sitio... En principio: no tienes más que salir por las noches o ir a clubs, para verlos.
-Entonces, quedamos en que todo eso que está al alcance de los jóvenes, no está siendo del todo utilizado.
KS.: Claro, es que los chavales están más preparados ahora, pero en todos los aspectos: la información, la cultura..., todo va más rápido. Un chaval puede ahora mismo conectarse a Internet y aprende cosas que no le enseñan en ningún sitio, y, además, aprende por curiosidad. La gente está más preparada. Y si la gente está más preparada, los productos tienen que ser mejores. Si los productos no son mejores es que algo falla y yo no creo que sean los chavales los que fallen. Lo que falla es que las cosas que se oyen son menos personales. Tú los oyes, lo analizas y ves que está bien hecho, pero la

Son Mimí, de A Palo Seko, y un colega, pero, ¿no representan perfectamente el "espíritu"?

mayoría de las veces es una imitación. De todas maneras, el mundo se está estandarizando de una manera tan bestial que es difícil diferenciar.

-Precisamente, que eso pase en el rock'n'roll, una música cuyo sustento es la protesta...

KS.: Sí. El rock'n'roll ha sido una música de lucha durante 40 años (no sé los años que tiene el rock'n'roll, pero por ahí va). Siempre ha sido una música de gente que quiere ir en contra de lo que le viene impuesto nada más por nacer. Ahora ya no sólo es el rock: gente que está haciendo otras cosas (jungle, o trip hop o lo que sea) y es gente que está en la misma postura. El tema es el descubrimiento del contacto de la electricidad con los instrumentos. Para mí, lo que produce en el cuerpo las vibraciones eléctricas es el rock'n'roll, claro que hay muchos tipos de rock'n'roll, desde lo más moña a lo más experimental, y ves que la gente ahora escucha también otro tipo de música, y también que sigue habiendo músicos que odian las máquinas.

-¿Qué es lo que más te interesa de lo que ves en la actualidad?
KS.: La gente que está haciendo música con máquinas, porque es donde encuentro más investigación. Será también porque ya he visto muchos grupos y he tocado muchos tipos de música en demasiadas ocasiones. Claro: para que un grupo de rock'n'roll me impacte, yo tengo que estar en muy buena disposición, y el grupo de rock'n'roll se lo tiene que currar de verdad. Sin embargo, en lo electrónico, veo cosas que no estoy acostumbrado a ver y que me producen la misma satisfacción que me producía ver a Siouxie cuando era un niño: "¡Uau!". Era algo nuevo para mí. Yo ahora veo grupos que manejan máquinas, y es otra estructura, no la típica de bajo, guitarra, batería y cantante, sino que llevan máquinas, loops, pistas, DJs... es otra cosa. Los grupos están compuestos por otro tipo de músicos. A mi, ahora mismo, me interesa esto. Igual dentro de dos años me quedo colgado de la música electro-house, pero de momento me interesa esto: la asimilación de la electrónica, y conseguir que el ordenador sea un instrumento más. En eso es en lo que estoy investigando.
-¿Desde cuándo llevas en esto de la música?
KS.: Muchos años, desde que tengo 15. Dejé de hacer todo, de estudiar y todo eso, por la música, cuando tenía 18. Ahí fue ya cuando tuve claro que quería vivir de la música, claro, que no sabía si iba a poder conseguirlo o no. Simplemente, lo que quería era hacer esto, y no otra cosa y desde entonces, desde que tengo 17 o 18, la verdad es que no hago otra cosa, digamos "vital", en mi vida. (Risas)
-¿Tus proyectos de ahora?
KS.: Ahora estoy en un proyecto que para mí es muy interesante. Estoy con Luis Auserón, ex bajista de Radio Futura y Pilar Román, que era la bajista que tocaba conmigo en 127 y Ventiladores, que eran grupos que yo tenía y, bueno, ahora va de cantante y luego, yo. Somos tres. Lo hemos hecho todo todo con máquinas, bueno, todo menos el viento, que con el viento vamos a hacer unos arreglos especiales y vamos a ver cómo lo podemos transportar, pero el resto, lo hemos grabado sin tocar nada absolutamente, lo cual es maravilloso.
-¿Es cierto ese rollo de que el músico tiene una vida tan emocionante y con tanto frenesí que no es comparable a ningún otro profesional?

KS.: Mira, yo creo que sí, que es verdad que es diferente, pero también lo es el escritor o el escultor y también lo es el barrendero, cuando el barrendero se enrolla con el trabajo que está haciendo. Un músico simplemente es un tío que se enrolla a lo bestia con su trabajo, igual que un director, supongo, igual que una periodista. Si se lo cree... En eso radica la diferencia, no en otra cosa. No es que seas un menda que ha salido marciano de nacimiento o que se ha hecho marciano a fuerza de ambientes, o de drogas. Si pasa esto con la música es porque es un arte abstracto: es algo que recoges por el oído (lo cual es bastante extraño: normalmente conocemos por los ojos). La música se te mete por los oídos. Tú normalmente no recuerdas los sonidos: recuerdas sensaciones que te han producido mientras los escuchabas. La música es muy abstracta. Muchas veces te gusta una canción porque te recuerda una circunstancia especial, y luego esa canción resulta que a ti no te dice nada, es más ni siquiera te gusta, pero la oyes y te recuerda algo. La música es un punto de conexión neuronal,

"Y bailaré sobre tu tumba", "pero qué publico más tonto tengo", y otras lindezas de los '80, a manos de Manolo Caro.

que es más que la pintura, por ejemplo. La pintura, fíjate, es un arte maravilloso, un trabajo muy íntimo y personal, y sin embargo, la música no: lo único que tiene la música de personal es el momento de la composición, pero el caso es que luego tienes que entrar, tienes que empezar a conectar con la gente y ahí es donde entra lo difícil. Por eso hay cientos de grupos, y de esos cien funciona uno, porque se ha creado una magia especial entre la gente que toca, y eso no es fácil.

-¿Y el mito que suele rodear a los músicos viene un poco de todo esto?

KS.: Es que como el rock'n'roll ha sido una plataforma hacia el inconformismo, pues eso, desde la parte contraria hay que atacarlo de alguna manera, y lo más sencillo es decir que esta gente es drogadicta o lo que se les ocurra. Es lo más fácil. Esto, ¿sabes?, es como todo. Cada uno necesita su estímulo. Hay gente que, para estimularse, se toma una zanahoria y otra que se toma una raya de coca. Yo conozco músicos que no toman absolutamente nada y músicos que sí lo toman, pero es que el resultado de la música no depende de lo que tomen o dejen de tomar. El problema no es ése. El problema es que, si tú eres un chavalito y te metes a hacer música y te crees que para hacer música tienes que hacer ciertos rituales tópicos de sexo y de droga, estás cayendo en el engaño. Te están engañando, te han vendido la moto. No consiste en eso. Es que vivimos en una sociedad que está basada en la televisión. La televisión es la cultura, ahora mismo y, claro, lo mismo a alguien le atrae ese mundillo por lo que ha visto. Yo creo que, el que se mete a hacer música por la fascinación del escenario, ése no creo que vaya a llegar muy lejos. Puede estar ahí uno o dos años, y ligar aprovechándose de las circunstancias, pero ése no es un músico: ése es un vividor.

-¿Cómo acabaría un grupo como el descrito en esta película?

KS.: Uf, eso nunca se sabe. Cualquier final es igual de realista, porque son todos marcianos: la vida de alguien que ha vivido de forma extrema nunca se sabe cómo va a acabar. A mi no me gustaría que acabase de una forma trágica, pero porque a mi me gustan los finales bonitos. Ya que veo una película, prefiero que tenga un final bonito. Pero, vamos, probablemente me equivocaré.

Rai, Raimundo

¡Ay, Raimundo! ¿Qué expresión artístico-musical tiene lugar hoy día en España donde no se oiga susurrar al menos el nombre calé? Raimundo, que viene sin su Gerundina y que ya ha de estar echándola de menos, que viene a vender guitarras birladas a Apolo en la película, y se acuerda entre medias de que a una guitarra no se la traiciona ni se la malvende. Raimundo llega al rodaje, al fin. Ha sido realmente complicado conseguir que viniera, pero finalmente aquí está, muy sonriente, fumando porros sin parar y mirándolo todo con ojos de no tener ni idea de dónde se encuentra en cada momento. Se nota que está divirtiéndose con la experiencia. Rai es uno de estos tipos que, realmente, tiene gracia. Lo de la gracia es como lo del duende, que o se nace o se pace, porque eso no se hace. Hace de "gita" trapichero sin sonido directo, lo que le facilita la interpretación.

"Claro", me dice, "porque asín digo lo que yo quiero y ya está, queda mejó". Me imagino al gran rey B.B. descojonado de la risa cuando alguien le traduzca lo que Rai le quiere decir, y mucho más cuando intente comunicarse de verdad, y me imagino a Rai no menos descojonado cuando B.B. intente seguir el ritmo de algún capricho de su Gerundina con la voz. ¡Ay, qué gustito pa' mis orejas!, diría B.B., y ja, ja, ja. Pero bueno, hay lo que es internacional, y hay lo que no se traduce. Rai es ambas cosas.

"Yo soy, bueno un gitanillo trapichero que le vende una guitarra seguramente robada al chico este actor y eso, le digo, mira, toca, toca, que es de puta madre. Un gitanillo del polígano, vamos, ahí con mi coche cutre y todo eso. Está gracioso. A mi tó esto me gusta mucho realmente, pero no sé yo cómo lo haré, la verdad. Me gusta...

es de verdad. Me gusta hacer de chico del polígano, con ese coche, aunque la verdad es que eso ya no es muy cierto tampoco. Ahora te paseas por el polígano y todo son mercedes y bemeuves, pero así está mejor. A mi lo del cine me gusta mucho, pero, vamos, que tampoco creo que sea lo mío. Mira, yo ya había hecho cosas. Estuve en un corto con un amigo mío, Alex (Calvo Sotelo. El corto era *Igual caen dos. El amanecer del pezuñas*, donde salía toda la plana mayor de la música y el cine: Rosa María Sardá, los Enemigos, Kike Sierra, el mismo Raimundo...”), sí, y ahí tocaba la guitarra. Me decían: “Toca maestro”, y yo tocaba a mi Gerundina, y estaba también con los coleguitas de Enemigos, que pusieron la música para la peli. Y ahora estoy aquí porque me llamó Chema, y me dijo de qué iba la peli y a mi me gustó mucho que se hablara de chavales que están empezando en esto de la música, y que todo eso estuviera en una película para que todo el mundo lo pudiera ver. El caso es que me dio este papelito y yo lo acepté, porque me gusta estar en estos fregados, aunque no sea lo mismo que lo mío: esto es mucho más difícil para mí. Vamos, que yo aquí veo a tanta gente trabajando, para arriba y para abajo y me da mucho respeto lo que veo. Me pasó igual con Alex y su película, que veo que esto del cine es complicadísimo. A mí me parece muy complicado y con mucha parafernalia, y todo va supermedido... No sé, no creo que pudiera ser actor, por ejemplo. Claro, y habrá quien vea que lo difícil es lo mío, pero es que cada uno vale para algo, y yo esto... No, no me veo. En lo mío veo que es lo mío, y yo ni sufro ni nada de eso que le puede pasar a otra persona. Como cuando salgo a tocar con B.B., que luego todo el mundo me pregunta que si me pongo nervioso y eso, y yo les digo que a ver por qué, si estamos entre amigos, y los dos tocamos y nos entendemos así de puta madre, no tengo para ponerme nervioso, porque eso es lo mío. Esto es divertido, pero vamos, que no me llamen para ser actor de verdad, que estaría todo el día acojonao. Que me llamen así, sí.... ¿Qué? ¿Qué me toca?... Bueno, pues que me voy pa'llá. Deséame suerte, a ver si van a tener que cortar por mí y eso, y con lo que trabajan todos estos chicos... Bueno..."

¡¡¡Tranquilo, Rai, que te va a salir de puta madre!!!

Al terminar la toma de Raimundo se acaba el rodaje en Ritmo y Compás, donde se ha rodado el bar de Toni Mad. Hay ambiente de clausura, aunque tampoco se clausura nada en especial hasta dentro de dos días. Rari, está claro, lo hace pero que muy bien. Vende su moto, que no su Gerundina y sonríe mucho. Luego se hace fotos pacientemente con todos, casi uno por uno, que nos damos de leches por hacérnosla. La mía está censurada, porque ni la señorita Pepis hubiera puesto esa postura, de estar Kent muy cerca. En fin...

Rai, eres único.

Antonio Vega
(de aquí surgió todo)

-¿Cómo lograron convencerte para entrar en esta película tan caótica y tan desastrosa?

A.: Pues no es que me convencieran: no tuvieron que hacerlo. Simplemente me llamaron y me enviaron el guión.

(Chema está presente. Interviene en la entrevista)

CH: Porque Antonio es un monstruo y le molaba la historia.

A.: Sí, la verdad es que me resultaba atractivo. Para mí era un terreno que nunca había pisado.

-Nunca habías hecho un papel en cine.

A.: No. Llevo toda mi vida haciendo papeles, pero nunca para una pantalla.

-¿Me hablas del papel que tienes aquí?

A.: Es un papel sencillo, desenfadado. Formo parte de una banda, soy el bajista.

-¿Es así de duro, el mundo de la música?

A.: Bueno, la verdad es que todos sabemos que la realidad supera mucho a la ficción. Creo que ésta es una visión más romántica, más de las relaciones humanas que se crean dentro de una convivencia en grupo, y quizá no refleja la frialdad con la que uno realmente puede llegar a encontrarse, pero es que eso es algo que no es demasiado digno de verse reflejado.

-¿Dirías que la mayoría de grupos que empiezan son como los Shacky?

A.: Bueno, podrían serlo perfectamente. Es una visión que se adapta a muchos casos reales en los que una serie de individuos jóvenes y con muchas ganas de comerse el mundo deciden meterse en una aventura que nadie sabe dónde les lleva, y, bueno, lo afrontan con valor.

¿Quién intenta comprender lo incomprensible? Calidad humana.

-Sabes que el tema central, sobre todo a nivel narrativo, de la película, es Chica de ayer. Y tenerte aquí, a ti, es todo un honor.

A.: Para mí es un halago, claro, y en cualquier caso, creo que *Chica de Ayer* es una canción que nunca jugará un papel negativo. Quizá el marco en el que se meta la canción es la que va a definir un poco la interpretación que hay que darle. Pero en cualquier caso, tanto la canción como el ambiente que le rodea está lleno de nostalgia, de añoranza de recuerdos y un poco de ganas por un pasado que no volverá.

-¿Qué le dirías a la gente que quiera entrar en el mundillo de la música, gente como los personajes de Shacky Carmine?

A.: Les diría que no cejaran en su empeño, que no tiraran la toalla en ningún caso y que sólo a base de esfuerzo y de ver pasar el tiempo se obtiene una recompensa.

-¿Qué tal con Chema?
A.: Chema es un hombre que tiene las ideas muy claras y que creo que sabe dirigirte con sencillez y sin sentirte en absoluto oprimido. (Entra Chema)
CH.: Muchas gracias, Antonio. Toma tus 5.000. (Risas de todos) Bueno, ahora voy a contarte yo una anécdota. Yo conocí a Antonio meando en Santander, después de un concierto, en el año 1982, en agosto, tocó Alaska y Dinarama con en su día Nacha Pop y entonces, y en el *backstage* de las Caballerizas del Palacio de la Magdalena (yo había entrado saltando la valla, para mear) y de repente estoy meando y veo a Antonio y digo: "Hostia, si está aquí Antonio Vega", y yo, que era superfan de Nacha Pop en aquella época...
-En ese momento se derrumbaron totalmente tus mitos, ¿no? (Risas de todos) Se te quitaron las ganas de mear de pronto.
CH.: Yo me acuerdo que el concierto grande era el de Alaska y que vosotros erais teloneros y te dije: "A mí me ha molado mucho más vuestro concierto, y a la peña también". Y fíjate, ahora, después de casi quince años, aquí estás... El Chico de Ayer. Muchas gracias, Antonio. De puta madre.
A.: Muchas gracias a ti, hombre, que eres un monstruo.
-Pues muchas gracias a todos.

María Guerra (script), Antonio Vega y Chema, concentrados en la toma. Funcion

Ordovás

Hertzianos necesarios

Ínclitos pensadores y periodistas de nuestro panorama -"el perfecto moderno en la España de la actualidad"- extraen visiones siempre interesantes de lo que por aquí se cuece..., lo cual me viene muy bien, porque así no tengo que pensar sola. Jesús Ordovás, uno de los más legendarios DJ's (en el sentido norteamericano) de la historia radiofónica musical en nuestro país es quien me recuerda que esta película tiene un ligero sabor a cine negro. Oye, pues es cierto, mira. Ciertos momentos de la peli, que precisamente le tienen a él como "estrella", recuerdan ciertamente un ligero aire no tanto de cine negro como de todo aquel relacionado con la mafia. Jesús, siempre irónico, anda contento de un lado a otro porque le han puesto un diente de oro (que es papel albal, en realidad), y esto otorga a su figura, enguantada en "sapatos de gamusa asul", un nuevo aspecto. Cuando la transformación ya está consumada, el nuevo aspecto resulta inquietante. Jesús recita su parrafada en inglés y luego sonríe a una imaginaria cámara pegada a su cara susurrándole "*feikin einyel*", presumiblemente *fucking angel*, que es lo que le tiene que decir a Nathalie, el clímax de su interpretación. Como Ordovás es siempre el que entrevista pero hoy no es su papel el que juega, será hoy el entrevistado. Así que, vamos a escucharle...

O.: Microphone

-¿Esa es tu frase en la peli?
O.: (Risas) No, mi frase en la peli es.... "*let me know if this pill is... let me, let me*" (se agobia, evidentemente no tiene ni guarra de inglés) .. En español, déjame probar esta píldora. Y luego le digo: "jodido angel", "*feikin einyel*", a Nathalie Seseña.
-¿Y para eso has venido a esta peli?
O.: Por eso no: para que salga aquí el tipo siniestro que yo represento, que es lo más importante de la película.
-A ver... ¿cuántas tomas has necesitado, para lograrlo?
O.: Pues pocas: generalmente se toman diez o doce tomas y yo, con la tercera y la cuarta, ya ha salido estupendamente.
-¿Habías estado alguna vez en el rodaje de alguna película?
O.: Sí, estuve en *Qué hace una chica como tú en un sitio como éste*, que me recuerda muchísimo a esta película. Además era la primera película de Colomo... Me parece que del '78. La historia es prácticamente la misma, sólo que veinte años después: era la historia de una chica que anda por los clubs. Luego había un grupo, que eran los Burning, que cantaban lo de *¿Qué hace una chica como tú...?* y salían Carmen Maura, y Pedro Almodóvar. Eso se hizo en el Ateneo Politécnico, me acuerdo, donde ensayaban por entonces los Burning, Tequila, Kaka de Lux y todos los grupos que había por entonces... La movida del punk, año '77, '78.
-La redención de Colomo, pero en la producción.
O.: Sí, yo creo que es el círculo... En realidad, todo vuelve, el mundo se repite cada cierto tiempo: todo se repite, sólo que a otro nivel, ¿no? Esta película es un equivalente, una mezcla *entre Pepi, Luci, Boom..., Laberinto de Pasiones* y *¿Qué hace una chica como tú...?*, yo creo que es el *quid* de la película, y las tres son películas que marcaron época.
-¿Qué hacías tú en esa película?
O.: Yo, nada, por allí, viendo a los Burning, cómo tocaban y eso.
O sea, que ésta es tu primera actuación "de verdad".
O.: Sí, ésta es mi primera actuación "estelar".
-¿Y cómo ves esto en comparación con aquella primera peli de Colomo?
O.: Pues esto es casi igual, yo creo que no se ha avanzado mucho en esto del cine, prácticamente nada. La manera de trabajar, de filmar y de funcionar es exactamente igual que la de hace 20 años, en el cine.

-¿Cómo es eso que me decía de que recuerda al cine negro?

O.: Pues que visualmente, me da una impresión como de cine negro. Vamos, por mi papel, de tipo siniestro bajando por las escaleras y poniéndome unas gafas, con este traje que llevo que me han comprado tan chulo, que parece que vengo del bajo Chicago. Me veo ahí en el cine y es como si estuviera viendo una película de Humphrey Bogart, en blanco y negro. De hecho, vamos, yo soy una especie de Humphrey Bogart, aquí, de la mano de Chema de la Peña. (En este preciso instante pasa Chema por delante y Ordovás le llama) ¡Chema, ven aquí, que me voy a hacer una foto contigo! (y se encana). Esta es una película que va a hacer historia, es una película con artistas de primera del mundo del pop, del rock, del tecno, del hip hop, algo que nunca se había hecho en este país, y además con artistas de excepción, de primerísima fila, como Nathalie Seseña, Jesús Ordovás (cruce perfecto entre Jack Nicholson, Humphrey Bogart y Marlon Brando), y además Chema de la Peña, que se le ve un tío que tiene genio, y encima que, además de ser su primer largo, después de tener varios cortos premiados mundialmente, se ve que el tío tiene eso que hace falta para dirigir. (Como Chema se tiene que ir, Jesús vuelve a la normalidad).

-¿Cómo le ves, en esto del cine?

O.: Muy bueno, muy bien. Sabe coger el punto exacto de la

interpretación y el ángulo. Vamos, por lo que he visto aquí hoy, va a ser una película muy buena.

-¿Y en cuanto al mundo de la música, qué aporta este experimento?

O.: Pues la banda sonora es excepcional. Vamos, está ahí metido todo el mundo, ya sabes, la lista desde Dover, Mucho Muchacho; además, si entran ellos también en la peli con los papeles que tengan, y además con las canciones, me parece que, si la banda sonora es excepcional y la peli sale como yo estoy viendo aquí, con esa fuerza dramática, pues puede estar de puta madre. Es una película que tiene todos los ingredientes para el éxito, una película que muestra el momento actual de la música pop, de la vida en la calle, de las drogas, del ambiente y del mundillo del pop, el rock, el tecno...

-¿Has leído el guión?

O.: Sí.

-¿Y?

O.: Bueno. Lo que veo es la ascensión y caída de un grupo, el intento de un grupo por abrirse camino con todo lo difícil que es, con la droga por medio, con las mentiras y los engaños del mundo de la música, y todas las dificultades que tienen para salir adelante, para darse a conocer y triunfar. Yo lo veo bien. Esta gente ha cogido una historia y la está sacando adelante bastante bien.

-¿Cómo suelen acabar este tipo de historias?

O.: Pues generalmente la gente en este mundillo, el 90% sale pitando en otras direcciones: se hacen técnicos de sonido, se hacen programadores de radio, técnicos de televisión, profesionales de la electrónica, expertos en informática, cualquier cosa, ¿no?, porque el mundo de la música da para muchas cosas más que para ser una estrella del rock. De hecho, las estrellas del rock son cinco entre un millón. Y tampoco quiere decir que el que no sea estrella del rock tenga que morirse o hundirse, o acabar tirado en la carretera.

-¿Y por qué es inseparable el tema de las drogas del rock?

O.: Porque el mundo del rock es un mundo de emociones fuertes, y no hay emociones fuertes si no pones el cuerpo a toda pastilla y lo pones en forma, y para eso, evidentemente, al cuerpo hay que darle algún tipo de droga. Es evidente que las drogas siempre están por medio en el mundo del rock. Es que tú fíjate lo que es esto: la música pop, en toda su amplia extensión, todos los estilos que hay, escojas la vía del tecno, la vía del hip hop, o la vía del rock, es la forma de expresión más directa, más satisfactoria, más fuerte que puedes tener, ¿no? Puedes jugar al fútbol, puedes ir al cine, puedes salir a dar una vuelta por la calle, pero qué duda cabe que formar un grupo y tocar, y componer... Supongo que la gente que lo hace consigue las emociones más fuertes que se pueden tener a los quince o 20 años, de hecho todo el mundo que lo hace lo dice, que estar en un grupo de rock pues te da casi todas las satisfacciones, porque es una especie de energía que vuelcas sobre eso que haces, aparte de que te permite ligar y entrar en contacto con la gente de una forma que, charlando, pues no la consigues.

-También en esta película a veces te da la impresión de que ellos cogen la pose antes de ser nada.

O.: Sí, es cierto. A mí me parece bien, de hecho casi todas las grandes estrellas del mundo del rock fueron pose antes que nada. Cuando ya tenían, supongo yo, diez o doce años, se miraban en el espejo y sabían que iban a ser estrellas del rock. Elvis Presley, Mick Jagger, Bob Dylan, Lou Reed, seguro que a los trece o catorce años ya soñaban con ser una estrella del rock, y de hecho coges a cualquier grupo ahora mismo, Meteosat, por ejemplo, y antes de saber tocar o de componer, ellos te dicen que lo primero es la pose, y luego hacer música, y en cierto modo, así es. Casi todos los grandes grupos y estrellas del rock han sido primero pose y luego han aprendido a tocar o a cantar, o a hacer música.

-Conoces al resto de "cameístas", ¿no?

O.: Sí claro.

-¿Y cómo te sientes, entre tanta figura?

O.: Bueno, yo creo que mi aportación a la película la va a hacer alcanzar las más altas cotas del éxito... Bueno, y contigo. ¿No sales tú?

-Muy gracioso eso, pero yo no salgo, por el bien de todos... A lo nuestro, algo que te haya llamado la atención de por aquí.

O.: Me llama la atención Chema de la Peña, que lo ves ahí, vestido con un pañuelo en la cara, como si fuera un punk, una especie de okupa, parece un okupa en este gran palacio en el que estamos. Es un contraste curioso. Esto es un palacio inmenso, con techos de cinco metros, salones de ochenta, y de repente aparece Chema de la Peña por aquí, vestido de okupa, con un pañuelo en la boca, de director de la película, y con un equipo profesional, lo que ya es Colomo P.C., con gente que está al tanto de todo hasta el más mínimo detalle: "¡Silencio, Acción, Rodando!". Y todo el mundo callado, en su puesto, y todo funcionando bien... Esto me llama la atención, que la gente como Chema de la Peña se abra camino así con su primera película y lo haga tan bien. Yo tengo confianza: me ha caído muy bien Chema y toda la gente que está trabajando aquí... Bueno, y tú.

-Voy a empezar a pensar que quieres ligar conmigo, compañero...

O.: Es que tú pareces recién sacada de una de esas películas francesas filosóficas que ponen a las 3 de la mañana en La 2, de esas lentas, que alguien se sienta en una mesa, y baja a comprar tabaco, y se queda en el bar diez minutos, y luego sube a la casa, enciende la televisión, pasan otros diez minutos y no sabes muy bien de qué va la película, y dices: "Esta película es francesa". Sí, esas películas lluviosas, y después coges el coche, un Citröen, y vas por una carretera solitaria y apareces en un hotel de esos de la costa, allí...

-¿Y tú para qué das? ¿Para Humphrey, con ese rollito siniestro?

O.: Bueno, yo me quedo más bien con Jack Nicholson.

-¿Por qué? Estás muy bien, de próximo Humphrey.

O.: No sé, me gusta más Nicholson. Humphrey es que era un poco así... (Pasa Chema por delante y le pregunta a él) Chema, tú qué prefieres, Humphrey o Jack Nicholson?

CHEMA.: Humphrey.

O.: Pero como actor, como actor

-No te empeñes, mejor Humphrey.

O.: Pues Humphrey, lo que tú digas.

-Pues Humphrey.

A estas alturas, la conversación ya es prácticamente inaudible. Se oye una música que se va comiendo el ambiente y las palabras de ambos contertulios. Pasa a primer plano y luego desvanece. FIN.

Homenaje
Josele Román

-¿Cómo has llegado tú hasta aquí, Josele?

JR.: Pues aquí, haciendo esta película con Chema de la Peña, porque yo había rodado un corto con un amigo suyo (Diego Abad) y, como Diego era amigo de Chema, pues me llamaron para ésta. Vino todo un poco rodado. Este papel lo iba a hacer un chico, creo, pero dicen que, como en la película no había muchos personajes femeninos (que de eso se dieron cuenta después de hacer el guión), pues cambiaron el personaje para que lo hiciera una mujer. Entonces me llamaron a mí.

-Pero tú has hecho más cortos, en este último tiempo, como Potaje de Pasiones.

JR.: Sí, *Potaje de Pasiones* fue el primero que hice, con Nacho Cinc, de la Escuela de Cine y Tete Ballesta, que eran los dos directores y en ese corto hicimos también una canción el grupo que tengo yo, que se llama Melania. Y el otro que he hecho hace poco se llama *Mi novio es bakala*, de Diego Abad. Lo acaban de estrenar.

-Y aparte de estos cortos, ¿desde cuándo no hacías cine?

JR.: Pues lo que se dice cine hace bastante. Yo creo que lo último que rodé fue *El donante*, creo, con Pajares, y dirigida por Tito Fernández. Luego ya hice la serie *Los ladrones van a la oficina*, que también dirigió Tito, porque yo con Tito he trabajado mucho en cine, y cuando hice la serie me llamó. Mientras hacía esa, hice también un capítulo en la de Emilio Aragón y otro en la que hacía El Fary. Pero del cine es que estoy un poco desconectada, y también que los directores nuevos no me conocen mucho. Vamos, supongo que trabajando sí, porque me habrán visto en películas, pero no tengo excesivo contacto con las productoras nuevas o los nuevos directores, y eso es importante para trabajar.

-¿Y lo de pasarte a la música?

JR.: Bueno, es que yo no me pasé a la música. Yo siempre digo que soy como un disco y la cara A es el cine, que es lo que más se conoce y lo que más se ha visto de mí, y la cara B es la música. La música siempre me ha gustado. Mientras hacía cine salía con mucha gente de la música, iba a muchos sitios de rock, con músicos y demás. Yo siempre quise montar un grupo de rock de chicas, porque ésa era la novedad, y para presentar al público mujeres músicas, que en ese momento era interesante. Monté cinco grupos de chicas: primero, Epidemia; luego montamos La Nitro, en Barcelona. Después volvimos a Madrid y montamos EKT, luego Sexo Débil y Antígona y la Tragedia y ahí entraron ya tres chicos. Y ahora, Melania, que es también mixto.

-¿Qué tocas tú?

JR.: Yo toco teclados y canto.

-¿Qué tipo de música hace Melania?

JR.: Pues los temas son míos. La música es cañera. Una mezcla de heavy y rock urbano.

-¿Habéis grabado algún disco?

JR.: Pues ahora grabamos el primero, porque es que lo de grabar discos está muy difícil. Fíjate: yo llevo desde el '82 montando grupos y, bueno, con las chicas sí que he tenido ocasión de grabar, pero claro, algunas veces me decían que tenía que cambiar a alguna por otros músicos, y como ellas querían grabar todas, pues al final no grabábamos. Estuvimos a punto de grabar en la EMI, en Barcelona. Ahora vamos a grabar en una independiente que se llama KMC, que no se dedican mucho al rock, pero el nuevo director sí ha grabado a gente como Ñu, y como él estaba un poco harto de sus grupos tipo Camela, nos va a grabar a nosotros. Vamos a sacar el compact con 8 temas.

-Tú que estuviste en tantas películas en los '60 y '70, vuelves ahora, con Shacky Carmine, a hacer un largo. ¿Ves mucha diferencia entre cómo se hacía el cine entonces y cómo se hace ahora?

JR.: Yo creo que en el cine de ahora encajo bien porque, como yo he estado todo el rato entre rockeros y músicos, y gente muy despegada de todo lo establecido (que esto es un montaje muy social, que se agarra a historias muy pasadas), pues a mí este tipo de cine que se hace ahora me divierte mucho. También me gustaba lo que hacía antes, porque, como yo siempre he hecho comedia, me divertía en los rodajes y eso, pero para mí creo que era insuficiente, porque, no es que yo quiera presumir, pero tengo más marcha que eso, y eso no te lo puedes tragar. Un artista tiene que sacarlo todo, y dar todo lo que tiene. Yo, en la música, doy mi parte creativa a nivel de hacer letras y músicas, y como actriz, creo que como lo soy, debo de seguir trabajando. Yo la música no la voy a dejar, eso lo tengo claro, y cine, pues ya ves, aquí estoy, haciendo un papel. Si la gente quiere que yo haga cine, haré cine, porque aunque haga cine sabrán que soy una rockera: soy una actriz rockera y en paz. Que sólo haya una o dos, o tres (tienes a Cher, y a algunas por ahí), no quiere decir que no se pueda ser. La verdad, yo no es que vea muchos actores en conciertos de heavy, pero es que yo lo necesito, y lo paso bien, y se pueden llevar perfectamente las dos cosas juntas.

¿Quieres decir que tiene más que ver lo uno con lo otro de lo que parece?

JR. ¿Te refieres a los rodajes?

Sí.

JR. A la gente del cine le pasa como a la de la música, que no es que estén locos, pero son fanáticos del cine, que están metidos en la historia que cuentan, en la película... A mí me gusta decirlo, que no es que estén locos de verdad, pero un poco locos sí que están. Me gusta la gente así. En los rodajes siempre he conocido gente así, lo mismo en la parte técnica que en la dirección. Entonces, las películas de antes, en lo que se refiere a la gente que las hacía, las películas eran diferentes, pero la gente de cine siempre es gente de cine. Aquí por ejemplo está el hijo de Pedro Lazaga, que yo he rodado con su padre. Yo, lo que veo es que los actores y la gente que trabaja en la película pues es parecida, porque es gente de cine y la gente de cine también es especial. El cine es como un juego, un juego que también es un gran negocio, y un arte, pero es al fin un juego... Yo los veo a todos muy juguetones. Les gusta mucho y saben lo que hacen porque les divierte. Están jugando a algo que les gusta. Bueno, no sé, en inglés, por ejemplo, para tocar una guitarra o interpretar un papel se dice *play*, que significa jugar: jugar la guitarra o jugar el papel, y esto es un poco lo que pasa, que juegan el cine, lo disfrutan. Es un poco así, como un juego que es también un trabajo.

¿Y en cuánto a producción se ha cambiado mucho?

JR.: Sí, en cuanto a producción, creo que ha cambiado más. Ahora se mete más dinero según en qué películas, y también hay gente que quiere producción y no lo consigue, porque la producción de una película es muy difícil, sobre todo para la gente joven que quiere empezar a dirigir tiene que ser dificilísimo. Para que una persona o un grupo meta dirección en una película, ¡madre mía!, tienen que confiar mucho en ti, porque es mucho dinero el que se pone. Es que, claro, son cosas poco asequibles. Si un grupo tiene que grabar una maqueta, pues son 100.000 pesetas, y eso todavía se pone, pero una película es mucho dinero, y claro... Es que hay un problema. Yo creo que debería haber más gente arriesgando más dinero para hacer películas. Y también el Estado debería ayudar a hacer películas.

¿Crees que está bien reflejado el mundo de la música, en esta película?

JR.: Sí, yo creo que sí. En la música hay muchas movidas, y aquí se ve un poco mezclado, y esto está muy bien. Hay garitos que son un poco más hardcore, algo más moderno. También se describe un rollo un poco más heavy, más rock de siempre. Se habla de la gente, en esta película, y la gente del heavy siempre es igual, aunque evolucione en lo que hace, igual que los punkies siempre son punkies. En la música cada uno elige su lugar y lo que más le gusta. Lo que conviene es que todo el mundo se lleve bien, que no haya movidas como a lo mejor hace tiempo podía haber entre los modies y los punkies, porque es una chorrada. A cada uno le gusta lo que le gusta y ya está. Al fin y al cabo, todo el mundo estamos en contra de lo mismo y nos quejamos de lo mismo. Desde que empezó el rock y esta movida, que es una movida de la juventud, pues era un modo de protesta ante la sociedad establecida. Y eso todavía existe, claro, porque hay gente que lo sigue, igual que otros seguimos lo otro. Todo esto del rock es una movida que en cierto modo quiere cambiar a la sociedad, una movida que ahora, de momento, tampoco es tan marginal como lo fue hace tiempo, que ya está ese margen haciéndose más grande cada vez. Lo que hay que intentar es que ese margen crezca cada vez más. Lo que se pretende al fin es que el mundo sea más libre y más divertido, que haya menos órdenes en todo, hasta en cómo hay que vestirse, cómo hay que comportarse... Así no se puede vivir. No se puede meter a la gente en un molde, porque eso sólo trae descontento, rabia y cosas así, y si la gente está descontenta se vuelve en contra enseguida. Al fin y al cabo todos queremos lo mismo, sólo que lo pedimos de forma distinta. Esta película creo que incide en esa idea. Está todo un poco mezclado, sale gente de todo tipo...

Yo creo que lo que quiere decir la película es un poco lo que yo te digo, y también cuenta la historia de un grupo al que le pasa lo que a muchos, que, claro, hay muchos grupos que se deshacen por este tipo de historias, o por otras particulares. Es una lástima, pero eso sucede y seguirá sucediendo. Es una pena, si un grupo tiene personalidad y gancho con el público, que se deshaga. Es que si un grupo gusta a la gente, ellos también tienen que hacer un poco de esfuerzo por seguir ahí.

¿Chema?

JR.: Este director es muy bueno, y muy especial... ¡Y tiene que ser listo, si ha conseguido hacer una película! La película yo creo que saldrá bien, y además él se ha mojado, con esta historia en la que sale todo tipo de gente. Es una película de muchas historias, y eso siempre gusta, porque no puede aburrir. Aquí hay mucha marcha, mucha energía y muy buen ambiente, y eso se transmite. Y además: la gente del rock también necesita películas, ¿no?

¿A quién va a gustarle esta película?

JR.: Pues a la gente joven y a gente menos joven a la que le gusta el rock, porque ahora mismo hay mucha gente que no es joven, pero sí muy rockera. Yo creo que esta película, como hay mucha historia, le puede gustar a mucha gente. Es una película que habla de la vida.

No es Josele, no. Es Pilar Tavera de vestuario y una buena definición del rock.

Chema vs. Colomo (Fernando)

Otro jueguecito dialéctico, que esta pachanga del cine va también de eso. Bueno, como ambas entrevistas me ocupaban mucho espacio (para qué engañarles) y a estas alturas es bien sabido lo cutre que puedo llegar a ser se me ha ocurrido esta mañanita la feliz idea de:

"Vamos a ver: si Chema, que ha salpicado de apuntes todo este folletito, ha sido entrevistado por mi grabadora (un ser con vida propia, "¡¡¡os los juro!!!") y Fernando Colomo también, pues por qué no hacer que hablen entre ellos, aprovechando todos los poderes que la cibernética me otorga (corta, pega, corta, pega) y todos los que ellos tienen, que son los más, en esto de los *Carmine*. Hale, ahí va el caprichoso experimento de mi grabadora. ¡Un Pulitzer, tendrían que darle a este aparato!

FERNANDO: Bueno, a ver por dónde empezamos.

CHEMA: Pues yo no sé. Yo soy un mandao.

FERNANDO: Pues eres tú quien pregunta, ¿no?

(Mal vamos: no les gustan los jueguecitos habrá que hecharle una mano, claro)

FERNANDO: A mi, la verdad, no me gusta mucho hablar de mi.

-¿Y qué haces cuando te enfrentas a aparatos como yo? Porque te he leído bastantes luchas verbales con los medios..

FERNANDO: Soltar mis bucles: como siempre me preguntan lo mismo, yo siempre respondo lo mismo.

-Vale: primer bucle. ¿Cuál fue el germen de esta bonita idea?
FERNANDO: A mi me llegaron los tratamientos de Chema que me trajo Nathalie Seseña. Me trajo dos: uno estaba ya más desarrollado, en forma de guión, que estaba bastante bien, pero vi que era muy complicado de producción, porque era una película como de época, y muy difícil, sobre todo muy cara. Bastante bien escrito, pero que tampoco sabía qué tipo de película era.
CHEMA: Era un *thriller* ambientado en los años 60.
FERNANDO: Y sin embargo, había otro que estaba más en bruto, que era *Shacky Carmine* (algo que me costó muchísimo aprender a pronunciar)
CHEMA: Por aquel entonces, como yo trabajaba de ejecutivo para una multinacional americana (esto es bucle de oro) y no disponía de mucho tiempo, lo que hice fue desarrollar el tratamiento del *thriller* y el tratamiento de *Shacky Carmine* se lo encargué a Oscar (de Julián).
FERNANDO: Éste en seguida me impactó, porque tenía una cosa como de mucha verdad, como de alguien que conocía muy bien ese mundo, e incluso digamos que me tentaba la idea de hacer esa película, porque es de esas cosas que en seguida la ves y te animas, a pesar de que no tenía mucho que ver con lo que luego ha salido.
CHEMA: Yo tenía muy claro el final. Quería que fuese un grupo que saliera de la nada, que empezaba a tener un nombre y que luego,

al final, triunfaba, pero los provocadores de esa especie de vorágine, que eran *Shacky Carmine* (el grupo), estaban totalmente al margen. Esa idea me apetecía bastante.
FERNANDO: Sí, pero yo le decía a Chema que el espectador se iba a quedar muy decepcionado si iba desapareciendo gente para entrar otra, porque al final no sabes muy bien quién es el protagonista de la historia"
CHEMA: Y yo le decía que eso es lo que pasa con los grupos.
-FERNANDO: Teníamos que encontrar la manera de que luego se encontraran, o lo que fuera. Lo que no podía ser es que la película fuera cambiando de personajes a medida que va avanzando.
CHEMA: Y me puse con Oscar, hasta que hicimos ya ni sé cuántas escaletas. Lo cambiamos aquí y allá, y quedó de puta madre.
FERNANDO: Sí, yo creo que se mantiene ese espíritu, esa idea de *Shacky Carmine* que es muy bonita de grupo, y de ese ambiente *underground* de la gente que quiere empezar dentro del mundo de la música y del rock, todas las dificultades, todos los manejos de las casas de discos. Todo eso está prácticamente igual. Lo único que yo intenté fue que se centrara más en los personajes, y creo que al fin ha ganado.
CHEMA: Es cierto.
-¡Qué bonito es todo esto, ¿no creéis? El maestro y el discípulo, los colegas, el trabajo en común, los proyectos... (SUSPIRO) Fernando rueda hace 20 años (en el '88, por más señas) ¿Qué hace una chica como tú en un sitio como éste?, su primera peli como director, y ahora, después de toda una carrera como director y productor, se da de bruces con Shacky Carmine y con Chema, la horma de su zapato en los 90. Hale, ponéos...
FERNANDO: Claro, es que la gran pregunta con esta película desde que cayó en mis manos la historia era: "¡Joder, y eso, ¿cómo no se le ha ocurrido a nadie hacerlo antes?", y la verdad, que sí me sorprendía. Cuando yo hice *¿Qué hace una chica como tú...?*, era un poco la aparición de los Burning, pero una película así, de contar la historia de la gente joven, de la música rock y los músicos que están empezando, eso no se había hecho antes en España.
CHEMA: Mira, de las tres o cuatro razones por las que hago cine, una es que la música me genera una serie de emociones que yo

traduzco en mi mente en forma de imágenes. Cuando yo empecé este guión, ya tenía tres o cuatro canciones que iban a ir seguro y, cuando estaba en momentos de sequía, me las ponía y me sugerían situaciones que me hacían salir del atolladero. Yo, desde el año '79, que haga memoria, recuerdo comprar discos y más discos, estar al loro de lo que se hacía en Inglaterra, de la nueva ola de Police, todo lo que representó aquella movida, y aquí en España, estar enganchado a Radio 3, grabarme cintas, ir a conciertos... Siempre estaba al día de lo que se estaba haciendo de una forma totalmente consumista y militante. Es una de las cosas, lo de la música, en donde sabía que iba a sentirme fuerte, porque conocía lo que iba a contar. Sabía lo que había debajo.

-¿En qué se diferencia entonces esta película de un largo vídeo-clip, eso que dicen en las revistas de que eso es el vídeo de la BSO de la peli?

FERNANDO: Pues que es muy de verdad, muy cierta. Yo, para serte sincero, veía que en la portada ponía: "Chema de la Peña y Oscar de Julián" y me decía: "Bueno, no sé. Estos, a lo mejor están contando una historia que es de verdad, que son ellos y ellos están en un grupo", porque había cantidad de detalles que sonaban a cosa original, no a lo típico de coger el mundo del rock y un montón de clichés y escribir una historia que podía estar quizá más basada en los americanos o los ingleses, sino que de pronto veía ahí a unos tíos de Salamanca que empezaban allí, que venían a Madrid, que se buscaban la vida. Entonces tenía por un lado esta historia de la música, la historia de gente joven y luego una historia que siempre es bonita, que es la de buscarse la vida, que siempre conecta mucho con la gente. Entonces, digamos que ese lado enseguida me atrapó.

CHEMA: Yo quería hablar de música, sí, pero más que nada quería hablar de músicos, y no tanto de músicos como de gente que vive conforme a una ilusión, que lucha por algo aunque no lo tenga nada fácil. Fíjate, cuando yo tuve los primeros contactos con Colomo, él había visto mis cortos y había leído los tratamientos y le habían gustado. Fernando me llamaba en concreto porque en ese momento tenía un acuerdo con TVE para hacer tres TV Movies y me encargó una a mí. Me dijo que si tenía algo en aquel momento que pudiera servir y yo, la verdad, no tenía nada. "Sí", le dije, "tengo una historia que estoy escribiendo en estos momentos", y va y me dice: "¿Nos podemos ver?". "Vale", le digo yo, "cuando tú quieras". "Pues hoy a las seis", me dice. Y, claro, yo recuerdo que salí del trabajo corriendo y por el camino, en la moto, iba pensando qué le iba a contar, porque yo no tenía nada, y entonces llegué y le conté que era una historia sobre actores (se me ocurrió en ese momento), que era en plan comedia. Y un poco lo que hice fue contarle la historia de *Shacky*, pero en vez de con un grupo, con actores que venían aquí a buscarse la vida y todo eso. Con esto te quiero decir que en realidad se está hablando de un grupo de personas, de sus relaciones, de sus ganas de triunfar en un mundo que, en este caso, es el de la música.

FERNANDO: Si es que *Shacky Carmine* está hablando de la juventud actual. Se hace a través de la música, pero podrían ser cualquier otra cosa.

CHEMA: Habla de la dificultad de encontrar el primer trabajo, la dificultad de encontrar una forma de vivir, de encontrar vivienda, amigos, etc. Todo esto está en *Shacky Carmine* y es una cosa bastante general. No creo que sea una película que vaya a interesar sólo a los interesados en el mundo de la música, sino que la música es un elemento más que hace todo esto más atractivo, pero lo más importante era eso: la dificultad de encontrar trabajo, la utilización que se hace de los jóvenes (por parte de los tipos de las casas de discos, cómo les ven y toman de ellos lo que les interesa y les hacen unos contratos chanchulleros). Había todo esto, y también el mundo de la droga, que está también muy relacionado con la música. Todo esto yo creo que era un retrato bastante interesante de cierto tipo de juventud.

FERNANDO: Y luego está esa otra historia de los dos años de amistad.

CHEMA: Sí, otro bonito bucle para mis entrevistas... ¿Y que luego, formalmente, esté condicionado por la cultura del vídeo-clip? Claro que sí, evidentemente. De hecho, en la película hay cuatro o cinco vídeo-clips, o mejor dicho: trozos de película que se convierten en vídeo-clips. La escena, por ejemplo, de la redada de Eskombro. Yo tenía muy claro desde el principio que eso tenía música de Apollo 440, y cuando hice la planificación me ponía constantemente la canción, cerraba los ojos y veía cómo tenía que ser esa escena.

El oficio.

-Así que primero iba la música y después la imagen.
CHEMA: No, no siempre ha sido así. Nosotros hemos hecho el montaje de imagen, un currazo del mil, y, al verlo, hemos dicho: "Aquí falta música" y yo he elegido una serie de canciones, las hemos ido probando, el montador y yo, hasta decir: "Ésta es" y, entonces, dependiendo de la canción elegida, a veces modificábamos un poco el montaje.
-¿Es por eso por lo que no hay música incidental?
CHEMA: Sí, sí. De hecho, hay 32 canciones. Ése es un compromiso que yo tenía conmigo mismo: no meter nada de música incidental, que todas las canciones fueran compuestas. De las 32 canciones hay seis o siete extranjeras y el resto son todo grupos españoles, la mayoría desconocidos también, porque yo quería mostrar a la gente, al públcio, los grandes músicos que tenemos aquí.
-Eso enlaza el ¿Qué hace una chica como tú...? de Fernando, en la que sacabas a la luz a los Burning, unos clásicos en la actualidad. Si es que es el ciclo de la vida, ése que tanto le gusta a la Factoría Disney.
FERNANDO: Sí, por ejemplo los papeles de "los mayores" en *Shacky* podrían ser interpretados incluso como prolongaciones de tipos que podrían haber estado en *¿Qué hace una chica como tú...?*. Es el caso de Kiko, por ejemplo. En *Shacky* están esos personajes como colgados, esos tipos que ya están en los cuarenta y muchos, que hace 20 años

eran ellos y que ahora están más o menos colgados o destrozados por el abuso de drogas, o que se han metido en compañías, como que de alguna forma han perdido la ilusión que tenían de jóvenes y ahora están más metidos en el negocio, y por otro lado está la actitud de lo que ellos fueron y se repite, la de los veinteañeros, los *Shacky* en este caso.. Yo creo, desde luego, que *Shacky Carmine* es una película generacional y además creo que no pasará de moda, porque te está hablando de una cosa que se va repitiendo contínuamente.
CHEMA: Yo creo que al final siempre es lo mismo. Pasa como con el cine, o muchas otras movidas. La música es una profesión donde se mezclan emociones (todo el mundo que es músico lo es porque le sale de dentro y porque siente algo). Por otro lado se mezcla el éxito, el "triunfar", que también está muy relacionado con las emociones, y esa mezcla explosiva hace que salga gente muy extrema, que acabe mal, que se suicide y también otra gente que asuma el éxito y sepa aprovecharlo, qué sé yo, pues para montar una discográfica, o ser productor, o lo que sea. Pero bueno: ese es el cañonazo de lanzamiento, y es algo inevitable. Supongo que de aquí a diez años será lo mismo, y de aquí a veinte, igual de otra manera, pero con una misma base.
-Todo un bonito bucle. Fernando, ¿y en todo esto, el productor?
FERNANDO: El productor, tal como yo lo soy, tiene sus opciones al principio, al elegir un proyecto, pero luego se le deja hacer a él, y el resultado ha sido más que sorprendente. Bien, también es cierto que a los productores también lo que les gusta es participar un poco. Si les das una cosa muy hecha y les dices: "No, es que esta es una película que va a ser así, va a tener estos actores y va a ser tal y cual, y tú sólo tienes que poner el dinero...", pues el productor dice: "Muy bien, ¿y dónde está la gracia de esto?" Bueno, y quizás a mi no tanto, porque tengo la salida de que también dirijo películas, pero digamos que a un productor clásico le gusta participar un poco de la historia, y si le das una historia demasiado cerrada, a no ser que sea una obra maestra, que es bastante difícil, normalmente no sabe qué hacer con ella. Pero, vamos, que yo confío en este chico a ciegas, y me ha demostrado que puedo hacerlo...
-Chema, ¿no da miedo, lanzarse a la piscina de una peli, cuando te la ves encima?

CHEMA: Bueno, es que yo, después de hacer mi segundo corto, *Lourdes de segunda mano*, (con el que me fue muy bien, me empezaron a dar premios y tal) empecé a sentirme más fuerte y ya decidí que mi siguiente paso sería hacer un largo. Pero es que hay que tener en cuenta que todo esto fue un proceso, no fue algo que él lo leyera y dijera: "¡Pues sí, sí que lo hago!", porque es que Colomo es una persona muy etérea, que nunca cristaliza, siempre está como teorizando y tal, y él nunca me decía que sí que se iba a hacer y yo nunca le preguntaba si la iba a producir finalmente, porque es que yo, como que daba por hecho que sí. Entonces, él se leía el guión y hablábamos sobre la película, pero él nunca me decía: "Se hace", y punto, ni me daba fechas, pero por las relaciones que teníamos sí que se intuía que por ahí iba la cosa. Por la densidad de comidas al mes...
FERNANDO: Sí, más o menos. El caso es que ya sobre noviembre del '97 me llamó Beatriz de la Gándara y me dijo: "Vamos a presentar unos proyectos a Canal Plus. Tienes que darme el guión ya, porque tenemos prisa". Y, claro, asumí que sí, que lo hacían. Ésta, curiosamente, era una película que aparentemente tenía una producción muy difícil: viendo el guión, ves que tiene muchas escenas de noche, con mucho follón, conciertos, mucha figuración... Paradójicamente, el rodaje ha sido una maravilla. A mí todo lo que me ha ido llegando ha sido bueno. Vamos, que normalmente, en una película como ésta podría haber mil problemas, pero me imagino que, por el equipo, y fundamentalmente por la presencia que da Chema de tranquilidad y seguridad, y por el hecho de que, para casi todo el equipo, sobre todo artístico, era lo más importante que hacían hasta la fecha, por todo eso ha salido tan bien, ha habido tan buen rollo en el rodaje, y eso se transmite a la pantalla.
CHEMA: Bueno, ahora a toro pasado, veo que ha habido un par de puntos en los que he tenido suerte, o en los que, digamos, la providencia estuvo de mi lado. Uno fue que se retrasara el rodaje, que iba a empezar en noviembre, y eso fue providencial porque, si se hubiera rodado en noviembre, probablemente no hubiera quedado tan bien, porque no tenía hecho el casting, ni los ensayos con los actores, que ha sido mucho tiempo. El otro punto fue el del operador, que el que iba a ser al final no pudo y de alguna manera elegí a David Omedes como tres semanas antes de empezar a rodar y la verdad

que fue una suerte, porque he estado encantado de trabajar con David, y nos entendimos muy bien: ha aportado cosas muy favorables. En cuanto al resto de las cosas, yo siempre he tenido la sensación de que, como todo esto iba muy lentamente, iba asumiendo la responsabilidad de este paso, porque es que el peligro de esto es que te desborde emocionalmente, pero, al haber sido un proceso lento, he tenido tiempo de asumir mi responsabilidad, de ir sintiéndome más seguro. Y luego, en el rodaje, la verdad es que también me sorprendí a mí mismo, porque parecía que tenía las cosas más claras incluso de lo que yo pensaba. Luego, el equipo ha sido muy bueno y todo perfecto, lo del buen rollo y demás... En fin, que el hecho de haber sido un proceso lento ha redundado en beneficio de la película, porque así ha salido algo redondo.

-Dicen que cercano al comic...

CHEMA: Sí, eso tiene que ver con mi rollo visual: yo tengo mucho de rollo visual. Leo muchos comics y me gusta mucho la publicidad. Por eso la planificación que he hecho es muy de ese tipo: muchos planos picados, contrapicados, mucho angular... todo eso te sale de una forma intuitiva, casi sin pensarlo. Tiene que ver con cómo te planteas tú una situación. Quizás eso también tenga que ver con un reflejo de la época que he vivido, con el comic, con la televisión, con la publicidad: eso es lo que me apasiona. Por eso, por ejemplo decidimos quitarle el baño de blanqueo en el proceso de revelado. De esa forma "matábamos" los brillos, y los colores, e impregnábamos todo de una sensación de realidad más acorde con la historia de los *Shacky*. Pero al quitarle ese baño, iba a quedar con unas tonalidades muy apagadas, y quisimos contrastar eso dando muchos colores tanto con los decorados como con las luces que metíamos y con los vestuarios. Todo eso da un contraste extraño: tienes mucha vivacidad de colores, pero a la vez estos colores se van a a ver muy apagados. Ese contraste le da una especie de dureza y vivacidad a un tiempo que yo creo que anima.

-Bueno. Recapitulando. A definir.

CHEMA: Pues la verdad es que no sé muy bien cómo definirla, porque tiene mucha acción, pero no es sólo eso. Es una mezcla entre emociones y acción. Tiene mucha acción, pero a la vez hay más. Es la historia de una amistad a lo largo de dos años, entonces esa combinación no sé muy bien cómo definirla. Hay momentos divertidos,

momentos chungos... No sé. Yo creo que en ningún caso te va dejar indiferente. No creo que te vayas a mover de la butaca.
FERNANDO: Sí, yo creo que no es sobre la juventud en general, es sobre cierta juventud, gente que viene a la capital a buscarse la vida: hay mucha gente que se puede identificar y otra que a lo mejor no. Los que son de familias de Madrid o tienen un nivel de vida bastante alto y sus padres les pueden costear unos estudios y tal, pues esos evidentemente no, pero toda una serie de gente que se viene a buscar la vida o que tiene ganas de hacer otras cosas distintas, puede ser en el mundo de la música o en el mundo del arte o cualquier cosa, yo pienso que sí es bastante representativa de cierto sector.
CHEMA: Sí, puede ser. Es una sensación la que se tiene (quizá por mala suerte, o por lo que sea) como de que la gente que se había acercado a este mundo lo había hecho de otra manera. Bueno, no sé, quizás las películas que están en la mente de todos, ¿no?: *Mensaka*, o *Historias del Kronen*... No sé. Este es mi acercamiento. Yo vivo una realidad y eso es lo que trato de reflejar ahí, ¿no?

Más del oficio, con David Omedes.

Supongo que el resto de los directores reflejarán la realidad que ellos viven. No sé cuál será más real, ni cuál es mejor. Es así, y ahí está.
-Pues bien.
CHEMA: ¿Te digo una pregunta que nadie me ha hecho?
-¡¡¡Por favor!!!
CHEMA: ¿Por qué los *Shacky Carmine* tocan un hardcore electrónico y no hacen pop o cualquier otra cosa?
-Muy bien, ¿por qué?
CHEMA: Pues es muy claro: porque es un tipo de música que, primero, a mí me ayudó mucho a definir su personalidad y sus antecedentes. Eso era algo que tenía que tener claro desde el principio. Y, claro, este tipo de música siempre es como mucho más salvaje y me permite todas las secuencias de acción que yo tenía pensadas y el estilo de vida del grupo, que encajaba mucho con esta "filosofía *Shacky*": destrozar, vivir, drogarse, etc.
FERNANDO: Sí, lo que te decía antes: que es sorprendente que nadie lo haya hecho antes. Creo que es la primera película sobre el mundo el rock, en España. Puede aportar muchísimo: una visión nueva, sobre todo de los jóvenes. A mí, cuando leí el guión, lo que me atrajo enseguida era que me parecía algo nuevo, algo original y algo de verdad. Muchas veces lees guiones en los que la mayoría son personajes de clichés y que además suelen estar bastante mal escritos, y de repente te encuentras con algo con fuerza y de verdad y con buenos diálogos, con personajes con carne y eso te impacta. También estoy muy contento con el casting. Los actores están estupendos, y, además, al ser caras nuevas, encuentras una cosa que es muy bonita en cine, que es que no lo relacionas con otras películas ni con otros personajes. Es alguien a quien ves por primera vez y te da mucha más verdad.
-Oye, de verdad. ¡Qué bien lo habéis hecho!
FERNANDO: Bueno, majeta, ¿Se acabó ya la gracia o qué?
-Sí, sí. Ya está. Muchas gracias.
FERNANDO: A ti, guapetona. ¿Nos prometes que de ésta no te volvemos a ver por aquí?
-¡¡¡Se los juro!!!!
CHEMA: Entonces bien...
A otra cosa, mariposa. Hace mucho que no hablo con nadie.

A continuación, y por generosidad y verbigracia del guionista 0
Títulos finales

1. INTERIOR GARITO LA IGUANA. NOCHE

Sobre la imagen, un letrero: **Salamanca.**

El grupo punk-rock SHACKY CARMINE está actuando. Los tres miembros del grupo tocan con los ojos maqueados de rimmel y los labios de un carmín chillón, lo cual les da una apariencia amenazadora, auqnue un poco ridícula.

ZALO (21), rapado al dos y con camiseta de "Negu Gorriak", canta en "spanglish" y toca el bajo.

A la batería, JAVI (20), ¡¡¡el primo de Zalo!!!!. Greñas, ropas hippiosas y gafas de sol bastante extravagantes. Mira hacia el guitarrista, Satur, como si sintiera vergüenza ajena.

SATUR (20), el más normalito de aspecto, sólo de aspecto: bigote y perilla y ropa vaquera. Está ligeramente bebido. Toca la guitarra como si se creyera Jimi Hendrix, y con tanta fanfarria se está cargando el concierto.

El escaso público le silba en plan de cuchufleta, y el dueño del local, cansado del grupo, les hace señas de que acaben ya.

Zalo y Javi se disponen a retirarse, pero Satur se niega a hacerlo: el concierto no ha acabado. Javi cree que es mejor que se retiren, pero Satur les da una buena razón para continuar: éste es el último concierto de Shacky Carmine.

Javi y Zalo prefieren no discutir y continúan. El dueño, furioso, se dirige a la cabina y habla con el disc-jockey, un punkoso crestón. El DJ apaga los mirófonos dle escenario, y la música del local ahoga la canción de Shacky Carmine. El público aplaude la decisión del dueño.

Los Shacky se seinten profundamente humillados y corren a la cabina. El DJ les dice que son una mierda, y sobre todo Satur le parece ridículo.

Satur, fuera de sí, agarra al DJ y le ordena que vuelva a conectar los micrófonos, porque su amigo Javi se va a vivir a Madrid. Es la última vez que tocan juntos y nadie les va a joder. Y le advierte que no bromea...

¿Alguien reconoce el concierto de los Shacky en Salamanca, con Zalo robando la caja y el público enfervorecido porque el dueño ha desconectado la electricidad? Así, más o menos, puede cambiar un guión...

La idea inicial era mostrar la historia del grupo como una sucesión de cruces en el tiempo, haciendo que los personajes se encontraran y desencontraran. Se jugaba con el azar, el destino que va emparentando a los personajes quieran estos o no, para así dar la impresión de ciclo vital, vamos, que el mundo es un pañuelo.

Pero ese planteamiento obligaba a estructurar el guión como un sinfín de casualidades, y eso estaba muy bien, pero era otra película. Al final nuestra idea tomó la forma más adecuada: los cruces que se producen al principio y al final de la historia.

El sótano trastero cutre en el que viven Zalo y Rodol (Zalo y Javi) tenía mucha importancia al principio, así como los curros de unos meses o incluso un par de noches. En aquel momento (1998) no había ninguna película española que hablara de las dificultades de los jóvenes para mantener un piso alquilado, o los curros que se buscan para sacarse unas pelas para pagar el alquiler.

Zalo era el protagonista. Tenía demasiada importancia. Por eso, cuando se iba a Londres al final del segundo tercio, el que leía el guión se quedaba huérfano, sin prota. Y esto no era como el asesinato de Marion en la ducha de Psicosis. Aquí no había un Norman Bates lo suficientemente interesante como para proseguir con la historia.

La película tenía que ser otra cosa: no se trataba de la historia de Zalo, sino de la historia del GRUPO. Le quitamos protagonismo a Zalo y funcionó: en la película, cuando Zalo se va a Londres, la historia sube de interés. Lo que nos importa es el grupo, así que, ¿qué va a ser del grupo si el que componía los temas se acaba de marchar a Londres?

Al principio, Apolo era un personaje muy curioso. Un segureta con músculos, pero sin carácter: los clientes se lo comían. Todo parecía indicar que no iba a durar mucho de portero. Pero el grupo triunfaba, y Apolo iba cobrando seguridad, hasta acabar endiosado, y al final, enfangado. Un personaje precioso, daba gusto desarrollarlo.

Pero necesitaba una película entera para él solo. Era otra película. Y la falta de carácter inicial de Apolo se fue a la papelera.

Malú tenía un puesto de fulares en Atocha, era okupa, insumisa, activista. Incluso había manifestaciones, especialmente una, basada en una acción real, en la que los insumisos pintaban de rosa la fachada de un cuartel militar. Otro tema apasionante que, sin embargo, daba para otra película. De la Malú inicial quedó lo más importante: su tesón, su voluntad de sobrevivir, sus ganas de vivir realmente de la música.

Sinceramente pienso que Malú era el personaje menos desarrollado en la historia final, pero entonces apareció Rebeca: ella multiplicó el personaje, le dio verdadero aliento.

Jana era la cantante de un grupo rock radical femenino. Una mujer que Malú (Chusa) tenía como su modelo particular. Mucho más tarde (otro cruce) Malú se encuentra con Jana, que ahora trabaja en una tienda de discos llevando paquetes a las discográficas. En la historia final, Jana es un personaje encerrado en su mundo esotérico, un poco como la Marlene de Sed de Mal, dependiente de su pasado, su pianola... Pero se conserva lo que se tenía que conservar: la dignidad de una perdedora.

Jana al principio se llamaba Rosana, y su grupo era "Ligadura de trompas" (nombre cortesía de la sinpar actriz, guionista, self-made-woman Alicia Cifredo). Luego, el grupo pasó a llamarse "Surf Froston", y por fin no fue de Jana, sino de Malú. A Jana la encerraron en una casa de la que nunca más salió. Castigada sin tocar.

Los King Tortues al principio se llamaban Sonnymoon.

El primer nombre provisional de los Shacky (y tan provisional) fue Skul. Luego, Skul se convirtió en el sello en el que iban a grabar: Skul Records. Por fin, Skul se convirtió en Mad Records. ¿Y todo esto por qué? Por la calavera (skull) que está en la rana de no sé qué techo de la Universidad de Salamanca...

Tocaban en un garito llamado Lollipunk. De todos los garitos iniciales sólo se conservó un nombre: Jungle Bells.

Había un grupo de hiphop, bullangueros y cavernícolas, que aplastaban botes de cerveza contra sus cabezas y contra los de sus compañeros. Estaban inspirados en la película "El castañazo", esa en la que Paul Newman llevaba un sucísimo equipo de hockey, y en la que había unos hermanos que salían al terreno de juego gritando "Vamos a matarlos, a destrozarlos, a machacarlos"... y eso hacían. Algo de todo esto hay en la fiesta de la pensión. Ah, por cierto, el grupo se llamaba "Torquemada".

Cuando actúan en Salamanca, los Shacky se pelean con el DJ del garito. Ese DJ, mucho más adelante, resultaba ser Kiko.

Más cruces: Sebas (Satur) , el Shacky que se queda en Salamanca, vuelve a aparecer: es el directivo del sello en el que van a grabar. ¡Sebas acaba convirtiéndose en PK! Ahora que lo vuelvo a pensar, quizá tanta casualidad y tanto cruce no habría estado tan mal...

Kiko tenía más o menos la misma edad que los demás. Había sido un antiguo novio de Malú que vuelve a aparecer con el tiempo, en una prueba para encontrar un bajo (¿o era una guitarra?), se volvían a enrollar y volvían a caer en el jaco (el jaco no era nuevo para Malú). Y era rasta, lo juro.

El primer final de Shacky tenía su puntillo de ironía. En la película, Malú acaba con un grupo de músicos de pueblo y garitos de carretera, y Kiko la repudia. En el tratamiento inicial también, pero es Kiko quien la mete en el grupo. Y era Zalo el que salía de la cárcel y se unía a ellos. Y acaban los tres contentos y felices, tocando en las fiestas del pueblo una canción de Luis Aguilé.

Decididamente, era otra película. Di Yei, una de las primeras versiones de Shacky, ya bastante evolucionada y cercana a la realidad final. Javi pasará a ser Rodol, Satur será Sebas y el DJ al que agarra, ¡Kiko!. Comparada con la escena real grabada, realmente se puede decir que ¡cambiaron las cosas!

... más cambios, más radicales. Era Zalo y no Kiko quien en este primer tratamiento salía de la cárcel. Malú tocaba, sí, en un grupo de carretera y manta, pero no sola y sin el "consentimiento" de Kiko, sino con sus acordes al bajo como acompañamiento, y, bueno, otras cosillas....El antiguo final:

... Pero Zalo quiere cambiar de tema: pregunta a Malú qué hacen los Shacky. Malú cuenta que se disolvieron. Kiko y ella siguieron juntos, y las pasaron putas durante bastante tiempo. Malú ha cambiado: si ahora le ofrecieran un trabajo en una multinacional, no lo dudaría un segundo. Pero ahora están muy bien, en otro grupo...

Zalo escucha cada palabra de Malú con verdadero placer, y le pregunata qué es lo que tocan ahora. Malú le dedica una sonrisa burlona: quiere que le prometa que no se va a reír. Zalo se lo promete.

81. PLAZA PUEBLO. EXT. NOCHE.

Malú abre el fuego con unos toques de batería. Kiko marca con el bajo y todo el grupo se pone en marcha.

El cantante espolea al público:¡A bailar! ¡A bailar! Suena "Con amor o sin amor", de Luis Aguilé. Jóvenes, cuarentones, niños y ancianitos bailan divertidos.

Malú y Kiko, encantados de la vida.

Oscar de Julián

Apendiforme

Hay mucha gente, humo y gente charlando, moviendo sus copas y cigarros a derecha y a izquierda. Casi no se puede estar, y la conversación es difícil, porque la música está más que alta. Es un bar subterráneo. La parte de arriba es más tranquila, la de abajo se reserva para conciertos y se accede a ella por una escalera al fondo, una especie de promesa de clandestinidad. Los de la barra miran de reojo cuando vas a pasar, y no puedes evitar pensar que las apuestas, la verdadera historia está ahí abajo. Así que bajas. Después del primer recodo de la escalera, llega la música alta y amortiguada de la cueva. Cada paso te acerca más al caos, y te introduce de lleno en la nube de humo. Piensas que esto es casi ridículo, que si no existieran las paredes, ni la barra a la izquierda, ni el techo, ni la música, que si quitaras todo eso de repente, te quedarías con un puñado de personas apiladas las unas contra las otras, gritándose en medio de una nada absurda que acabas de imaginarte.

A base de codazos o de lo que puedes, te abres paso entre la marabunta: "...A mí no me jode el tipo ése con que... ¿Entonces, qué crees tú que le tendría que decir, porque ahora no va a querer...? Con esas tetas, lo que quiera... ¡Ja, Ja, ja!... ¡Jua Jua Jua Jua!" Intentas acercarte a la barra, el esfuerzo en realidad más heroico de todos los efectuados hasta ahora. Pides un cualquier cosa con cualquier otra y le pones el careto de rigor cuando te dice lo que debes. Miras, apoyado/a en la barra, con más dominio, ahora ya, de la situación. Si te tiene que buscar, se supone que la barra es uno de los mejores sitios para encontrarse. Al menos aquí hay una ligera penumbra. Disimulas tu soledad con un trago, y tu apatía con un cigarro, que no es fácil sacar de la chaqueta. Meneas la cabeza para saludar a algún conocido y vuelves a beber un trago. Luego calada y otro trago y a lo lejos ves un revuelo. Como te aburres y

seguro que a estas alturas y en tu situación alguien está pensando en emular a los Burning en un alarde de ingenio (qué hace una chica como tú, etc.), vas para allá, a ver si se ofrece espectáculo en la noche. "Por favor... ¿puedo?... ¡Joder, que me has pisado! Lo siento, ¿puedo?... Oye, oye, que si me dejas pasar... ¿Eh? Ah, sí, bueno, espera, que no está esto... Ya está... Nena, ¿dónde vas tan sola?... Por favor... Perdón, es que quiero pasar....".

Decididamente, no sé a dónde se puede ir en los '90 con tanta puta amabilidad. El caso es que tras el cuatro de hora de rigor has conseguido llegar. El decepcionante revuelo no es más que una panda de *grunges* de Mango haciendo el simio delante del bafle. Y detrás, justo, haciendo botar los mechones teñidos de pelo, con un collar al cuello y una camiseta de Subterfuge (o cualquier otra), reconoces a quien buscabas. El ciego que lleva es bien reseñable. Baila solo y canta de vez en cuando. Cuando se cansa de botar, que es pronto (el alcohol, chicos, mata), se para y se sonríe. Te acercas y le preguntas. Se alegra y "¡Tía, qué pasa, qué tal!" y vuelve a botar. Suspira cuando acaba la canción y con la alegría propia de fases mayores de la borrachera te lo dice: "Pues sí, tía. La voy a hacer. *Mady Machine*... Bueno, no es definitivo, quizás le cambie el título. *Carmi Carmí* (y se ríe), no, joder, qué coño es eso. *Chachi Papín* (ya no se ríe: ahora se descojona)... Bueno, ya se me ocurrirá algo, pero lo hago. Verás como sí, joder, hay que contar todo esto. Caña, joder. Máquina. ¡Máquina Rocky! ¡Eso! ¡Sí! ¡¡¡¡MÁQUINA ROCKYYYYY!!!!..". Pero la canción siguiente es conocida, y cañera, y justo lo que Chema necesita para empezar a dar botes como un condenado y lanzarse a pleno corazón del apocalipsis musical, y alcanzar el clímax, y gritar Máquina Rocky con todas sus fuerzas, en fin, y todo eso. Y cuando aún no he salido de mi asombro con el despliegue de nombres, miro detrás de mí. Un tipo está en cuclillas en el suelo, manejando un artefacto. Le echa un liquidillo y le da a un botón. Cuando falta humo en la escena, vuelve a echar el liquidillo y vuelve a salir una nueva bocanada. Y aunque alguien a lo lejos grita: "¡Corta!", y "¡Corta!", y "¡¡¡CORTA, JODER!!!", nadie le hace caso. El resto es una grúa que se lleva la escena hacia arriba. Y el que quiera cortar, que corte.

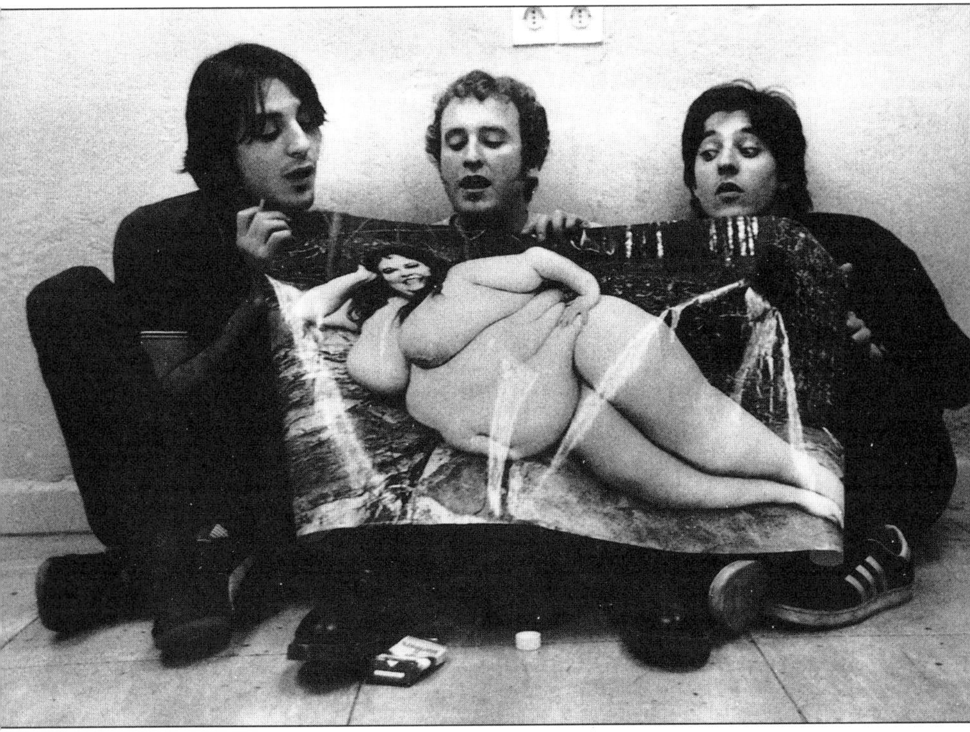

Pau, Fernando y Andrés. Así las prefieren...